KB272485

_____________________님께
만 개의 감사를 드립니다.

살아갈 날들을 위한 선물
# 만 개의 감사

살아갈 날들을 위한 선물

# 만 개의 감사

유인경 지음

*Thank you*

테라코타

# 만 개의 감사가 가르쳐 준 삶을 다시 사랑하는 법

"아껴 써라"라는 말이 어색하게 들릴 만큼 모든 것이 넘치도록 풍족한 시대입니다. 넘치는 물건들을 담아 버리기 위해 종량제 봉투가 생활필수품이 되었을 정도니까요. 그러나 이상하게도 우리 마음속에서는 가장 단순하면서도 귀한 마음, 사람을 순식간에 환하게 만들고 서로의 마음을 이어 주는 '감사'가 결핍된 듯합니다. 어쩌면 우리는 지금 '감사 결핍의 사회'에 살고 있는지도 모릅니다.

물론 감사라는 말 자체가 사라진 것은 아닙니다. 오히려 강물처럼 흘러넘칠 정도지요. 기업은 소비자에게 감사하다고 말하고, 정치인은 유권자에게 감사하다고 고개 숙입니다. 상인들은 고객에게 감사하다고 외칩니다. 그러나 그 말들 가운데 얼마나 많은 말이 진심에서 비롯된 것일까요. 때로는 비눗방울처럼 반짝였다가 금세 사라지는 공허한 말로 들리기도 합니다.

그래서일까요. 시간과 노력을 들여 누군가를 도왔는데도 "고맙습니다"라는 말 한마디조차 좀처럼 들을 수 없는 순간이 점점 늘어납니다. 그럴 때면 문득 이런 생각이 스칩니다.

'혹시 내가 너무 옹졸한 걸까. 감사라는 것을 기대하는 내가 이상한 걸까.'

## 우연히 마주한 '감사', 운명 같은 여정의 시작

지난겨울, 제일기획 사장을 역임한 제 대학 선배 임대기 한국광고총연합회 회장을 만나 점심 식사를 했습니다. 근황을 물으니 뜻밖의 이야기가 돌아왔습니다.

"요즘 구치소와 교도소를 자주 다녀."

잠시 놀란 제게 선배는 차분히 설명했습니다.

"그동안 사회에서 혜택과 축복을 받은 것이 많잖아. 그래서 이제는 사회에 환원하는 일, 뭔가 도움이 되는 일을 하고 싶어 법무부 교정정책자문위원장을 맡고 있어. 교도소에 수용된 사람들에게 가장 중요한 것은 다시는 죄를 짓지 않도록 하는 교정과 인성 교육이라고 생각해. 그래서 '감사나눔연구원', '감사나눔신문사'와 함께 수용자들에게 매일 다섯 가지의 감사 일기를 쓰는 '5 감사 쓰기', 한 대상에게 100가지 감사를 편지로 쓰는 '100 감사 쓰기' 등의 사업을 펼치고 있어."

감사 편지와 일기를 잘 쓴 수용자들에게 약간의 상금, 그리고 가석방에 도움이 되는 가산점을 주기 때문에 호응이 좋다고 합니다. 그뿐만 아니라 그들의 편지와 일기들을 읽어 보면 뭉클한 사연도 많고 글솜씨도 뛰어나다고 했습니다.

"그들이 죄수이다 보니 정작 다른 곳에서는 관심이나 후원도 받기 힘들지. 심지어 이런 활동을 한다고 하면 주변에서 '왜 그런 일을 하냐'는 말도 듣는다니까. 안타깝고 답답하다."

그때, 얼마든지 "저런… 속상하시겠네요"라고 말하고 대화의 주제를 바꿀 수도 있었습니다. 그런데 그날 따라 '감사'라는 단어가 마음에 걸렸습니다. 아마도 당시 제가 감사 불감증 같은 세태에 꽤 실망하고 있었기 때문인지도 모릅니다. 게다가 제 고질병(?)인 오지랖까지 발동해 "내용이 그렇게 좋고 의미가 있다면… 그 편지와 일기를 책으로 만들어 널리 알리면 어떨까요?"라고 해 버리고 말았습니다.

그 말 한마디가 결국 저를 긴 여정으로 이끌었습니다.

얼마 뒤 감사나눔연구원 사무실에서 제갈정웅 이사장과 〈감사나눔신문〉 안남웅 본부장, 김덕호 편집국장과 만났습니다. 안 본부장은 "매년 재소자 3,500여 명의 삶이 감사나눔 운동으로 달라지고 있고, 교정 선진국들이 갖춘 회복·치유적 사법 시스템을 구축하는 발판이 될 것"이라고 설명했습니다. 감사나눔 운동으로 법무부 장관 표창을 받은 제갈 이사장은 "감사는 마음을 순화하고 정화하는 힘이 분명히 있습니다. 감사나눔 운동을 통해 재소자들의 정신적 교화가 이루어지고, 그것이 취업으로 이어지는 선순환의 고리가 되기를 희망합니다"라고 강조했습니다.

사회적으로 명망을 쌓은 분들이 입 모아 "책을 써 주신다니 감사하다"라고 하는 바람에 저는 그만 "네"라고 답했습니다. 정신없이 빽빽한 제 일정표를 보여 드리며 정중히 물러설 기회조차 놓쳐 버렸습니다.

## 라면 박스 세 개에 담긴 진심의 기록들

　실력은 없지만 책임감은 있는지라 저는 라면 박스 세 개 분량의 수용자들이 쓴 편지와 일기를 열심히 읽었습니다. 그것들은 지난 2022년부터 7회에 걸쳐 이어 오고 있는 '전국 교정시설 감사나눔공모전'에서 입상한 수용자들의 글들 중 일부였습니다. 거기에 각종 감사 관련 책들과 자료까지 찾아보느라 어느 순간 '감사의 바다'에 잠겼습니다.

　수용자들의 감사 편지 책을 쓴다고 하니 주변 반응은 예상대로였습니다.

　"착한 사람들 이야기를 써야지!"

　"죄수들이 집으로 찾아오면 어떡할 거야?"

　"맨날 바쁘다며 왜 그런 힘든 작업을 해?"

　사실 대중은 죄수나 수용자라고 하면 특정 얼굴을 떠올립니다. 아동 성폭행범 조두순, 연쇄살인마 유영철, 혹은 전남편 살해범 고유정 등. 그들이 교도소에서 먹는 밥조차 우리 세금이라며 아까워하기도 합니다. 이를 편견이나 곡해라고 폄훼할 수는 없습니다. 죄인은 죗값을 치러야 하는 것이 상식이니까요.

　그런데 수용자들의 감사 편지와 일기를 차분히 읽어 내

려가면서 마음속의 어떤 벽이 조금씩 흔들리기 시작했습니다. 그것이 비록 공모전에서 상을 타거나 가산점을 얻겠다는 의도에서건 혹은 다른 동료들이 하니까 따라 쓴 것이건, 그 글들 속에는 감사를 찾으려는 노력, 그리고 그 과정에서 조금씩 달라지는 마음이 있었으니까요.

감사에 관한 각종 연구논문과 책을 읽으면서 감사가 현대인들에게 얼마나 필요한 단어이고 의미인지도 알게 되었습니다.

세월호 유족들을 만나 라디오 팟캐스트를 제작했던 CBS PD이자 탁월한 작가인 정혜윤 PD가 들려준 이야기가 지금도 제 마음에 생생하게 남아 있습니다.

"세월호 참사에서 아들을 잃은 어머니를 만났어요. 그 어머니는 아들과 싸워서 며칠이나 말을 하지 않고 지냈는데, 수학여행을 가는 날에도 인사도 안 하고 가는 아들이 괘씸해 자기도 모른 척 보냈답니다. 그런 아들이 싸늘한 주검으로 돌아왔을 때 그 어머니가 가장 궁금했던 것은 사인이 아니라 '과연 아들이 내가 자기를 얼마나 사랑하고 내 아들이어서 얼마나 감사했는지를 알고 죽었을까'였다고 해요."

아들에게 사랑한다, 고맙다는 말을 못 전해 후회가 된다는 어머니의 말에 순간 마음이 먹먹해졌습니다. 우리는 얼마나 많이 감사를 잊거나 놓치거나 아끼는 실수를 하며 살아가는 걸까요.

## 비로소 나 자신을 사랑하는 법을 배우다

이 책을 쓰는 동안 제 거북목은 더 뻣뻣해지고 손목에 파스를 붙이는 날도 많았지만 경이롭게도 참 행복했습니다. 수용자들이 찾아낸 감사 목록에 감탄했고, 과거 어둠 속에 머물던 그들이 감사를 통해 밝은 빛 쪽으로 걸어 나오려고 노력하는 모습에 감동했습니다.

또 하나 새롭게 알게 된 사실이 있습니다. 법무부와 교정 당국, 특히 교도관분들이 보이지 않는 곳에서 얼마나 큰 노력을 기울이고 있는지에 대한 것이었습니다. 그분들 덕분에 수용자들이 다시는 재범을 저지르지 않도록 '감사 백신'을 맞았다는 믿음도 갖게 되었습니다.

체화된 감사는 어쩌면 수용자들이 담장 밖으로 나가 다시 저지를지도 모를 잘못을 멈추게 하는 가장 강력한 무기이자, 하나의 마법일지도 모릅니다.

저 역시 이 책을 쓰며 감사 습관을 갖게 되어 눈을 뜨면

“감사하다”고 말하며 하루를 시작합니다. 주변 사람들에게 가짜가 아닌 진짜 감사를 전하려고 한 번 더 마음 점검을 합니다. 진짜 감사가 관계를 얼마나 오래, 그리고 아름답게 이어 주는지 이제 알기 때문입니다.

물론 여전히 속상한 일도 생깁니다. 하지만 그럴 때마다 제 관점을 달리하여 '그럼에도 불구하고 감사한 것은 무엇일까'를 찾는 노력도 수행 중입니다. 인생은 끝없는 공부이니까요.

무엇보다 저는 이제 편견과 불만으로 가득 차 심술궂게 나이 들어 가는 대신, 감사의 이유를 발견하고 내 것으로 만들어 가는 제 자신에게 감사합니다.

공모전에서 상을 받은 한 여성 수용자는 이렇게 말했습니다.

“제가 받은 10년 형은 저 스스로를 사랑하지 않은 죄에 대한 벌이라는 것을 알게 됐습니다. 그리고 '감사'를 만나고 나서야 비로소 나 자신을 사랑하는 법을 배웠습니다.”

우리는 자신을 진정으로 아끼고 사랑할 때 비로소 안 좋은 습관을 내려놓고, 나쁜 선택에서 멀어질 수 있습니다.

이 책에 등장하는 감사 편지와 일기들은 긴 어둠의 시간을 지나온 이들이 삶을 다시 사랑하기로 결심하며 써 내려간 작은 희망의 증거입니다. 감사라는 한 단어가 허문 마음의 벽, 그리고 그 틈으로 피어난 변화의 기록이기도 합니다. 그 진심 어린 고백들 속에서 여러분도 삶을 다시 바라보게 하는 자신만의 감사 한 가지를 발견하기 바랍니다. 오늘 하나, 내일 또 하나, 그렇게 차곡차곡 쌓다 보면 어느새 만 개의 감사가 여러분의 삶을 가득 채울 것입니다.

감사의 꽃이 만개하면, 삶이 바뀝니다.

# 차례

# 감사를
# 만나는
# 시간

# 우리가 미처 몰랐던
# 감사의 숨은 의미

만약 '감사'란 단어가 말을 할 수 있다면 우리에게 이런 말을 하지 않았을까요?

"정말 억울합니다. 어떻게 저를 이렇게 매도하고 평가 절하하고 심지어 의심까지 할 수 있죠? 저를 자주 사용하면 품격 없이 굽실거린다고 하고, 저를 무시하면 예의도 없고 은혜도 모른다고 하지요. 어디 그뿐인가요? 어떤 사람들은 저를 마치 무슨 이익을 추구하는 도구로 취급하거나 잘못을 저지른 사람이 위기를 모면하는 방편으로 여기기도 합니다. 이런 오해와 누명이 벗겨지지 않으면 지구를 떠나고 싶은 심정입니다."

저 역시 감사라는 단어와 의미 앞에 사과하고 싶은 심정이 들 만큼 편협한 생각을 가지고 있었습니다.

## 감사는 행복할 때만 부르는 노래다?

1980년대 초 처음 외국 출장을 갔을 때 일입니다. 문구류를 좋아하는 저는 시간을 내 문구점을 찾았습니다. 평소

엽서와 카드를 수집하는 취미가 있어 진열된 카드들을 살펴보는데, 생일이나 결혼, 혹은 크리스마스 축하 카드만큼이나 'Thanks'와 'Sorry'라고 적힌 카드들이 많아 적잖이 놀랐습니다.

'서양 사람들은 뭐 그리 감사한 일이 많고 사과할 일이 많아 이렇게 카드까지 만들어 호들갑을 떨까….'

고개를 갸웃거리던 제게 현지에 살던 지인이 이렇게 설명해 주었습니다.

"여기는 자기 생일 파티에 와 줬거나 모임에 초대해 줘도 이런 답례 감사 카드를 보내요. 또 큰 실수나 잘못을 저질러서가 아니라, '네가 아플 때 문병을 못 가서 미안하다', '출장 때문에 당신 아버지 장례식에 참석하지 못하게 되어 송구하다' 등 피치 못할 상황에서도 미안한 마음을 카드에 담아 보낸답니다. 공기처럼 자연스럽게 하는 표현이에요."

감사 연구자들은 사람들이 감사에 관해 갖는 오해 중 하나로 '감사는 항상 긍정적인 상태에서 느낀다'는 것을 꼽습니다. 감사를 마치 동화의 한 장면처럼 밝고 명랑하고 행복한 상태에서만 느낄 수 있는 감정이라고 생각한다는 것이지요. 그러나 감사는 행복한 순간에만 느끼는 감정도 아니고, 감사하다고 말했다고 행복이 바로 따라오지도 않습니다.

　감사는 슬픔과 상실, 심지어 처절한 고통 속에서도 느낄 수 있는 매우 복합적인 감정입니다.

　교도소에서 지내는 이들의 상황이나 사연을 들으면, 감사는커녕 세상에 저주를 퍼붓거나 차라리 무인도에 있는 것이 낫지 않을까 하는 생각이 들기도 합니다.

　성격이나 취향이 다른 이들이 모인 비좁은 방. 더울 땐 옆사람의 체온마저 고통스럽고, 추운 날에는 온수도 제대로 나오지 않아 "진짜 죗값을 차갑게 받고 있구나" 하는 말이 절로 나온다고 합니다. 열 명 남짓한 사람들이 하나의 화장실을 함께 써야 하는 환경도 견디기 쉽지 않습니다. 게다가 수시로 시비를 걸거나 밤중에 큰 소리로 중얼거리는 같은 방 동료들, 면회는커녕 편지조차 보내지 않는 가족들까지…. 이런 상황에서 감사라는 말을 찾는 것이 오히려 위선처럼 느껴집니다.

　그런데 동료 수용자들에게 100가지 감사 글을 쓴 한 수용자의 감사 편지는 제 편견을 깨뜨렸습니다.


"밤새 심한 공황장애로 잠을 자지 못해 다음 날 무척 힘들었던 저를 대신해 방 청소를 해 준 ○○씨 감사합니다.

갑자기 쌀쌀해진 날씨에 으슬으슬 한기를 느낄 때 ○○
님께서 타 주신 따뜻한 율무차 한 잔에 몸과 마음도 따
뜻해졌습니다. 감사합니다.

제가 좋아하는 브랜드 캔디를 더 이상 팔지 않아 실망
하고 있었는데, ○○ 동생이 자기가 먹으려고 사 두었
던 캔디를 제게 주었습니다. 그 착한 마음 덕분에 담장
안에서 하루를 버틸 힘을 얻었음에 감사합니다.

기분이 언짢은 상황에서도 항상 미소를 잃지 않으려고
노력하시는 ○○님을 보며, 사소한 일에도 짜증 냈던
과거 제 모습을 되돌아볼 수 있었습니다. 감사합니다."

율무차 한 잔, 사탕 하나, 상대의 관대함 등이 모두 감사
할 일이고 감사의 순간일 수 있습니다.


## 감사는 약자의 부채 의식이며,
## 강자의 관대함이다?

감사에 대한 또 다른 오해는 나약한 사람, 혹은 의존적인
사람이 다른 이들의 도움을 받았을 때 하는 말이라는 것입

니다. 힘없이 넘어진 나의 손을 잡아 일으켜 세워 준 나보다 강한 사람, 우유부단해 결정을 못 내리고 있을 때 확실한 선택을 할 수 있도록 해 준 현명한 사람에게 전하는 마음이 감사라고 여깁니다. 그래서 감사의 표현이 '마냥 부족하고 모자란 나'를 드러내는 것 같아 꺼려진다는 이들도 있습니다.

뜻밖에 부채 의식도 작용합니다. 한 전문직 여성은 이런 고백을 했습니다.

"직장에 제가 멘토라 여기는 선배가 있습니다. 업무에서 제 부족한 점을 부드럽게 짚어 주고, 수시로 '잘되어 가고 있지?' 하며 관심도 가져 주는 분입니다. 제가 보기엔 미숙한 부분도 '와, 잘했다'라고 칭찬도 해 주시고요. 그런데 문제는 제가 이분에게 진심으로 감사함을 느끼면서도 제대로 표현도 못 하고, 또 어떻게 보답해야 할지도 모르겠어서 은근히 피하게 된다는 겁니다. 마치 그분이 채권자이고 제가 채무자라도 된 느낌이었습니다. 감사의 마음을 꼭 갚아야 한다는 의무감에 오히려 관계가 서먹서먹해졌습니다."

고민 끝에 그는 멘토에게 편지를 썼습니다. 진심 어린 감사의 마음을 담아 작은 선물과 함께 보냈습니다. 멘토는 감격하며 이렇게 답했다고 합니다.

"나는 내 말을 잘 받아들이고 성장하는 네가 오히려 더 고마웠다."

오해가 이해로 바뀌는 순간, 관계는 이토록 아름답게 깊어집니다.


## 감사는 현실에 안주하게 만드는 독이다?


감사는 '만족의 상징어'라는 오해도 받습니다. 감사가 뒤집어쓴 누명 중 하나는 "감사가 성공의 발목을 잡는다"는 것입니다. 감사하는 사람은 더 이상의 도전을 멈춘 채 만족감에 젖어 햇살 아래 늘어진 사람처럼 보이기 쉽습니다. 마치《곰돌이 푸》의 주인공 푸가 꿀단지 하나에 만족하며 세상 모르고 미소 짓는 뚱뚱한 곰으로 오해받는 것처럼 말이지요.

제 딸은 저를 '소액 매수 가능자(?)'라고 말합니다. 작은 선물 하나에도 감사하고 맛있는 과자만 먹어도 더없이 행복해하며, 온몸으로 천둥 벼락을 다 맞아도 "그래도 다행인 건 내가 우비를 입고 있었다는 거야"라고 말하기 때문입니다.

　만약 제가 가진 것에 감사하기보다 가지지 못한 것을 더 간절히 원하고, 그것을 얻기 위해 계획을 세우고 노력했다면, 지금보다 더 성공했을까요?

　아닙니다. 아마도 저는 늘 채워지지 않는 욕망에 투덜거리며, 남 탓만 하는 심술궂은 모습으로 늙어 가고 있었을 겁니다.

　감사에 관한 심리학 연구 결과는 감사하는 사람이 오히려 목적의식과 성취동기가 강하다는 것을 보여 줍니다. 감사는 삶의 부정적 측면과 고통, 역경을 외면하는 태도가 아니라, 그것을 받아들이면서도 삶을 긍정으로 이어 가는 힘입니다.

　저는 제가 감내한 고통을 받아들이면서 조금씩 성장했다고 믿습니다. 그리고 욕구 불만으로 징징대는 대신 늘 희희낙락 웃고, 작은 친절에도 감사해하며 많은 이들과 다정한 관계를 유지하는 삶. 그것이 제 자산이기도 합니다.

　감사는 받은 것의 유익함을 생각하고, 그것을 자신이 아닌 타인의 것으로 돌리는 숭고한 개념입니다. 수동태의 나약함 대신, 자발적 봉사와 헌신까지 이끌어 냅니다.

　제 여고 동창 박영주는 독실한 가톨릭 신자입니다. 성당 봉사 활동에도 열심히 참여하고, 50년 전 담임이셨던 서영신 선생님까지 살뜰히 챙깁니다. 학창 시절엔 그다지 가까운 사이도 아니어서 저는 막연히 그 친구가 모태 신앙 신도라고 생각했습니다. 그런데 그는 '감사'해서 성당에 다니게 되었다고 그 이유를 말해 주었습니다.

"남편 사업이 잘되어서 경제적 궁핍 없이 잘살게 되었어. 그게 절대 우리만의 노력과 힘으로 이루어진 것은 아니라 신께서 허락한 것이라는 생각에 너무 감사한 거야. 그래서 성당에 나가 감사 기도를 드리고, 그 마음을 다른 이들에게도 나누고 싶었어."

많은 이들이 고난과 고통을 겪을 때, 벼랑에 선 상황일 때 교회나 성당에 나가 무릎을 꿇고 "저를 구원해 주세요"라고 기도하기 마련인데, 그 친구의 선택은 달랐습니다.

## 감사는 부조리한 현실에 대한 체념이다?

물론 감사에 대해 비판적인 시각도 많습니다. 《노동의 배신》, 《긍정의 배신》, 《건강의 배신》 등을 쓴 베스트셀러 작가 바버라 에런라이크는 "감사는 불공정한 사회 질서 유지를 위한 공모에 지나지 않는다"라고 일갈했습니다.

"감사하는 사람은 습관적으로 '모지리' 취급을 받는다. 감사란 말이 사회 일각에서는 놀랄 만큼 큰 적개심을 불러일으킨다. 감사를 이해하지 못하면 우리 자신이나 삶 자체도 이해할 수 없다. 감사는 그만큼 근원적이고 기초적이다."

실제로 감사가 '사회적 의무'처럼 느껴질 때가 있습니다. 마음에 들지 않는 상황에서도, 원하지 않는 선물을 받았을 때도 억지로 감사를 표현해야 한다는 부담 때문입니다. 에런라이크의 주장처럼 사회적 약자에게는 감사가 부적절한 감정이거나, 자신의 알량한 권력까지 빼앗기는 정서적 행동처럼 느껴질 수 있습니다.

그러나 그것 역시 약자는 받기만 하는 존재라는 편견이 아닐까요. 타인의 호의를 부담스러워하기보다 '나를 보살펴 주는 사람이 있다', '나도 누군가 도와주고 싶은 마음이 생기게 하는 존재다'라는 생각을 할 때, 그 순간 마음속에 따뜻한 불이 켜지리라 믿습니다.

실제로 캘리포니아대학교의 로버트 에몬스 교수와 마이애미대학교의 마이클 맥컬러프 교수가 진행한 '의식적으로 감사를 실천하는 사람이 더 성공적으로 목표를 달성한다'는 연구 결과가 있습니다.

이 연구에서 참가자들에게 10주간 달성하고 싶은 여섯 가지 개인 목표(학업, 사회성, 영성, 체중 감량을 포함한 건강 등)를 설정하게 했습니다. 그리고 두 집단으로 나누어 한 집단에게는 주 1회 감사 일기를 쓰며 감사 거리를 다섯 개씩 기록하게 했습니다. 그 결과 감사 일기를 쓴 집단이 그렇지 않은 집단보다 목표 달성을 위해 더 많이 노력했음이 밝혀졌고, 목표 달성률도 30퍼센트나 높았습니다. 또한 감사 일기를 기록한 사람들이 한결같이 더 높은 수준의 활력과 생기 있는 상태를 보였다고 합니다.

이 연구는 감사가 수동적 체념과 거리가 멀며, 베풂, 연민, 자선 등 친사회적 행동을 촉진한다는 기존의 결과와도 일치합니다. 다시 말해 감사는 사람들이 받은 좋은 것을 사회에 환원하게 만들었음을 보여 주는 것입니다. 이렇듯 감사는 체념이 아니라 행동을 이끌어 내는 힘이었습니다.

한 수용자는 자신을 묵묵히 지켜봐 준 교도관에게 이런 글을 남겼습니다.

"부끄럽고 치졸한 생활을 반성하고 교정할 수 있도록 스승이 되어 주셔서 감사합니다. 열린 문도 기회이지만 닫힌 문도 기회라는 것을 깨닫게 해 주셔서 감사합

니다. 세세한 설명 없이도 믿음과 일상의 변화를 제공
해 주려 애써 주셔서 감사합니다. 수용자로서의 감사
만이 아니라 사람으로서 감사하는 습관을 배우고 있습
니다. 감사합니다.

바닥을 치는 삶을 오히려 '바닥이 나를 보듬어 주는 삶'
으로 역전시켜 주신 주임님 감사합니다."

　그 수용자는 분명 변할 수 있을 것입니다. 감사를 느끼고
그것을 전할 수 있는 사람은 이미 자신의 삶을 다시 붙잡은
사람이기 때문입니다.


## 감사는 표현할수록 깊어진다

　많은 사람이 감사에 부담감을 느끼는 이유는, 무슨 일이
건 누구에게든 무조건 '감사하다'고 표현해야 한다는 강박
때문입니다. 그리고 감사한 마음이 가득하긴 하지만 말이
나 글로 표현하려면 '감사하다', '고맙다'는 단어밖에 떠오
르지 않으니 답답해서 입을 다물게 되는 것이지요.
　우리는 자신의 감정이나 속마음을 타인에게 표현해서

는 안 된다는 교육을 받고 자라서 감성 언어의 표현이나 어휘력이 부족한 편입니다. 그런데 감사 일기와 감사 편지 쓰기에 참여한 수용자들에게서 저는 다양한 감사 표현을 발견할 수 있었습니다.

"직업훈련 선생님이 '은퇴가 없는 일하는 즐거움, 일을 할 수 있다는 즐거움을 가져라'라고 하신 말씀은, 변화되고자 하는 태도에 큰 희망과 집중력을 키우는 데 도움이 되었습니다. (중략) 우리는 작은 순간에 감사할 수 있는 공동체라는 자부심으로, 자격증도 중요하지만 인성 변화의 기쁨을 더 소중히 여기며 서로 발걸음을 맞추면서 유연하게 살아갑니다."

"열 명이 함께 보내는 주말, 다툼 없이 서로를 배려하며 잘 지낼 수 있으니 마음이 편해졌습니다."

"오랜만에 언니와 전화 통화를 하며 가족들 안부와 나에 대한 걱정과 염려, 그리움과 사랑을 느낄 수 있어서 감기 기운이 있었는데도 힘이 났습니다."

　이렇게 구체적인 내용을 담아 표현하면 '너무 감사하다', '진짜 감사하다', '정말 정말 고맙다' 같은 말만 반복하는 '감사의 늪'에 빠지지 않고도 얼마든지 감사한 마음을 전달할 수 있음을 배웠습니다.

　그 의미를 오해해 그동안 가까이하기 어려웠던 감사, 이제는 얼마든지 펑펑 써도 됩니다. 감사는 샘물처럼 퍼내면 퍼낼수록 더 샘솟아 나오니까요.

# 감사의 온기가
# 태도가 될 때

13세기 페르시아의 시인 잘랄루딘 루미가 쓴 〈여인숙〉이
라는 시가 있습니다.


인간의 삶은 여인숙이다

매일 아침 새로운 여행자가 찾아온다

기쁨, 슬픔, 비열함

찰나처럼 스쳐 가는 깨달음까지

모든 것이 예기치 않은 방문객처럼

문을 두드린다

그들을 모두 맞아들여라

(중략)

어두운 생각, 수치심, 원한이 찾아오거든

문 앞에서 웃으며 맞이하라

그리고 안으로 초대하라

찾아오는 누구에게나 감사하라

이들은 모두

영원으로부터 온 안내자들이다

저는 이 시를 읽을 때마다 사람과 사람 사이의 관계를 떠올립니다. 우리의 삶이 수많은 '방문객', 즉 사람과의 만남으로 이루어져 있기 때문입니다.

21세기를 살아가는 지금도 '영원으로부터 온 안내자들'인 사람들과의 관계가 아름답게 오래 유지되는 가장 중요한 요인은, 결국 서로를 존중하고 감사하는 태도라고 생각합니다.

30여 년 동안 기자 생활을 하며 수많은 사람들을 만났습니다. 지금도 방송 출연이나 강의 등 다양한 사회활동을 하며 많은 분들을 만납니다.

그런데 그 만남 후에 기억에 남는 것은 그 사람의 화려한 이력이나 뛰어난 외모가 아니라, '태도'였습니다. 다시 만나고 싶어지는 기준 역시 그의 재산이나 지위가 아니라, 사려 깊고 다정한 태도였습니다.

특히, 상대에게 감사함을 표현할 때의 진심 어린 태도는 마치 향수처럼 오랜 시간이 지나도 잔향을 남깁니다. 반면 고마움을 모르거나 냉소적인 태도를 보이는 사람과는 아무리 지위가 높아도 인연의 끈을 놓고 싶어집니다.

## 향기가 머물지 않는 인연은 길을 잃는다

　타인과의 관계뿐만 아니라 가장 가까운 가족 사이에서도 감사의 태도는 우리 미래를 결정하는 중요한 요소입니다.

　전직 고위 공직자의 아내분이 황혼 이혼을 준비 중에 있다고 합니다. 사모님 소리를 들으며 경제적으로 부족함이 없고, 자녀들도 모두 결혼해 평온한 노후를 즐기면 될 분 같아 보였습니다. 그런데 왜 황혼 이혼을 결심했을까요. 그 이유는 의외로 단순했습니다.

　"제 남편은 결혼 40년 동안 제게 '고맙다', '수고했다'라는 말을 한 적이 없어요. 시어머니의 모진 시집살이도 견뎠고 병간호도 제가 다 했어요. 거기다 시동생들까지 거두었지요. 얼마 전 억울한 마음에 '당신은 왜 나한테 고맙다는 말을 안 해?'라고 물었어요. 그랬더니 '뭐가 고마워? 네가 한 일이 뭐가 있어? 다 내 덕으로 살았지'라고 큰소리를 치더군요. 그 말을 듣는 순간 온몸의 피가 다 식는 것 같았어요."

　그 아내분은 마지막에 이렇게 말했습니다.

　"감사할 줄 모르는 남편이 이혼당한 후 독거노인이 되어 비참한 노후를 보냈으면 좋겠어요."

관계를 이어 가는 데 있어 필요한 것은 대단한 능력이나 이벤트가 아니라, 마음을 담아 건네는 감사의 말 한마디인지도 모릅니다.

'감사'를 말하는 이들, 진심으로 고맙다는 태도를 보이는 이들에게는 무엇이든 도움을 주고 싶어집니다. 자연스럽게 응원하고 축복하는 마음도 생깁니다.

지난 5월, 다른 신문사에 다니는 후배 기자에게서 메시지가 왔습니다. 함께 일한 적은 없지만 이런저런 행사나 모임에서 자주 만나 친분을 쌓은 후배였습니다. 저는 그의 뛰어난 글솜씨와 유머 감각이 늘 감탄스러웠습니다. 그래서 가끔은 그가 쓴 칼럼에 팬레터 같은 칭송의 문자를 보내기도 했고, 때론 밥도 샀습니다. 후배는 그런 소소한 일들이 고마웠나 봅니다.

"왜 5월에는 어린이날, 어버이날, 스승의 날은 있는데 '선배의 날'은 없을까요? 그동안 제게 늘 기쁨과 가르침을 주신 선배께 감사하는 마음으로 다음 주 수요일을 '선배의 날'로 정했습니다. 식사를 대접하고 싶으니, 꼭 나와 주세요."

저는 마치 멋진 프러포즈를 받은 사람처럼 행복해졌습니다.

후배의 태도에 감동 받은 저는 맛있는 음식을 함께 먹으며 다짐했습니다.

'그가 어떤 어려움에 처한다면 도와줘야지. 혹여 누가 그를 오해하고 비방하면 나서서 해명해 줘야지.'

감사는 이토록 사람의 마음을 무장해제 시킵니다.

한 끼 식사 초대에 너무 호들갑을 떠는 것처럼 보이나요? 그러나 감사는 단순한 말이 아니라 태도로 표현될 때 은은하지만 아름답게 빛나며 긴 여운을 남깁니다.


## 인생을 100점으로 만드는 다정한 노력

삼성전자 출신으로 노무현 정부에서 정보통신부 장관을 지낸 진대제 전 장관을 보면 늘 자신감 있는 모습이 인상적이었습니다. 지금도 기억에 남는 그의 '어록'이 있습니다. 저와 인터뷰했을 때도 말했고, 청년들을 대상으로 한 강연에서도 자주 사용한 단어, 바로 '태도'입니다.

"우리 인생을 100점짜리로 만드는 영어 단어는 무엇일까요?"

알파벳에 순서대로 A를 1점, B를 2점으로 점수를 매긴 다음에 단어의 합을 더해 정확히 100점이 되는 단어는 애

티튜드Attitude, 바로 태도라는 것입니다

"의미 있는 단어인 사랑(Love), 가족(Family), 돈(Money)도 100점이 아닙니다. 그만큼 우리 삶에서 중요하며, 우리를 평가하는 것이 태도라는 뜻이에요."

사실 영어로 마음속에 차분하게 자리 잡은 감사를 뜻하는 그래티튜드Gratitude라는 단어에는 애티튜드가 들어 있습니다. 즉 감사야말로 좋은 태도의 핵심이라는 뜻일지도 모릅니다.

감사 연구의 세계적인 권위자 로버트 에몬스 박사는 감사의 태도를 이렇게 강조합니다.

"삶에서 좋은 일이 일어나야만 꼭 감사를 느끼는 것은 아닙니다. 매사에 감사하는 사람들은 자신에게 어떤 일이 일어나든지 시각을 재구성할 줄 알더군요. 자신에게 부족한 것에 초점을 맞추지 않고, 자신이 가진 좋은 면을 반드시 찾아내 다른 사람들에게도 호감을 주는 태도를 유지합니다."

결국 감사는 상황이 아니라 태도의 문제라는 말입니다.

저는 수용자들이 감사 편지와 감사 일기를 쓰고 난 뒤 남긴 소감문을 읽으며 확신하게 되었습니다. 감사를 쓰고 말하면 우리의 삶을 대하는 태도도 바뀔 수 있음을 말입니다. 수용자들의 소감문은 제게 '태도의 교과서'와 같았습니다.

한 수용자는 이렇게 썼습니다.

"처음엔 제게 6년 형을 선고한 판사님과 검사님, 저를 변호한 변호사까지 원망하며 불평불만 가득한 생활을 했습니다. 제 잘못과 피해자의 상처는 생각하지도 못하고 억울하다는 생각뿐이었습니다. 하루하루 사는 게 짜증 나 까칠하고 모나게 굴며 우리 방 동료들에게 상처를 줬습니다.

그러던 어느 날, 제가 있는 교정 시설에서 운영하고 있는 멘토링 프로그램의 목사님께서 '감사 쓰기를 매일 하면 삶이 많이 좋아질 것'이라며 권유하셨습니다. 반신반의하며 일단 감사 쓰기를 시작하게 되었습니다.

하루에 다섯 가지나 감사한 일을 써 보라고 하는데 처음엔 무얼, 어떻게 해야 할지도 몰라 머리를 쥐어짜며 '5 감사 쓰기'를 채워 나갔습니다. 그렇게 반년의 시간이 흐르자, 제 마음과 함께 태도도 달라졌습니다.

지금은 옆 사람의 말 한마디에도 감사를 느끼고, 짜증 내고 투덜거리는 대신 웃으면서 '고마워'라는 말도 많이 하게 되었습니다. 덕분에 주위 사람들과도 친해졌습니다. 제가 매사에 감사하는 모습으로 태도가 바뀌자 감사할 일들이 더 많이 늘어나고, 제 마음은 기쁨으로 넘쳐나며 풍요로워졌습니다.

감사 쓰기를 통해 제 죄가 너무나도 크다는 사실을 깨닫고, 피해자에게 진심으로 용서를 구하게 되었습니다. 그동안 당연하게 여겨 왔던 수많은 것들의 소중함을 비로소 알게 되었고, 불평불만 가득한 까칠한 사람이었던 제가 이제는 편안한 인상과 친절한 태도를 지닌 사람으로 변해 가고 있습니다. 감사로 달라진 태도 덕분에 이제 제 마음에는 두려움보다 미래에 대한 희망이 더 크게 자리 잡고 있습니다.”

또 다른 수용자는 이렇게 썼습니다.

“‘100 감사 쓰기’를 실천하면서 정말 사소한 것 하나에도 수많은 감사할 거리가 숨어 있다는 것을 알게 되었습니다. 이곳에서 지내는 시간 동안 제 육신의 자유는 제한되어 있지만, 제 마음과 행동에는 놀라운 변화가 생기고 있음을 스스로 느끼고 있습니다.

오늘은 김창옥 저자의《당신은 아무 일 없던 사람보다 강합니다》라는 책을 읽으려고 펼쳤다가 제목을 보는 순간 그 '당신'이 저일 수도 있다는 생각에 눈물이 났습니다. 이곳 생활이 힘들어서 흘린 눈물이 아니라, 사물을 바라보는 제 시선과 삶을 대하는 태도가 바뀌어 가고 있다는 사실이 기뻐서 흘린 눈물이었습니다.

저는 이곳에 들어오면서 이번이 제 인생에서 처음이자 마지막 수용소 생활이 되게 하겠다고 다짐했습니다. 그리고 이제는 그 책의 제목을 제 마음속에서 '당신은 여기 오기 전보다 더 강합니다'라고 바꿔 부를 수 있을 것 같은 희망도 생겼습니다.

앞으로는 더 이상 삶에 변명하지 않고 겸허한 마음으로 제 안의 진짜 모습을 먼저 찾아갈 것입니다. 감사 쓰기를 하면서 새로워지는 자신을 느낍니다. 올바른 모습으로 변모하여 제 과거에서 탈출할 수 있음을 믿습니다.

저는 이제야, 오십을 넘긴 지금에서야 비로소 나잇값 할 수 있는 어른의 태도를 가질 수 있다는 희망을 찾았습니다. 이 모든 변화가 '감사' 덕분입니다."

## 풍경은 그대로여도 시선이 달라지면

《감사하면 달라지는 것들》은 우리 생활 속의 감사를 실험하고 연구한 결과를 담은 책으로, 긍정심리학의 대가인 펜실베니아대학교의 마틴 셀리그만 박사의 연구도 함께 소개합니다.

셀리그만 박사는 '감사 방문'이라는 프로젝트를 진행했습니다. 자신의 삶을 좋은 방향으로 변화시켜 준 사람을 떠올리며, 그 사람이 자신에게 어떻게 해 주었고 어떤 영향을 주었는지 구체적으로 편지에 씁니다. 그러고 나서 그 사람을 만나 편지를 낭독해 줍니다. 이때 중요한 것은 상대에게 만남의 목적을 미리 설명해 주지 않고, 감사 편지는 진심을 담아 천천히 읽어 주는 것입니다. 그리고 그 시간을 방해하는 요소가 없어야 합니다.

그 결과는 매우 놀라웠습니다. 감사 편지를 직접 전달하는 것만으로도 사람들은 깊은 감동을 경험했고, 편지를 쓴 사람은 이후 약 한 달 동안 행복감이 증가하고 우울감이 감소하는 변화를 보였습니다. 이는 긍정적인 행동 실천이 정서 변화를 강화하는 데 도움이 된다는 그의 이론을 뒷받침하는 결과였습니다.

저는 이 연구가 수용자들의 감사 쓰기에서도 고스란히 나타나는 것을 발견하고 깜짝 놀랐습니다. 그들은 가족뿐만 아니라 교도소에서 함께 생활하는 동료와 교정 직원들에게 감사의 마음을 쓰고 전하면서 자신이 변화했음을 고백했습니다.

감사하는 태도가 생겼다고 해서 세상이 갑자기 호의적으로 변하거나 주변 사람들이 더 친절해지는 것은 아닙니다. 내 주변의 사람도, 내가 바라보는 풍경도 여전히 그대로입니다. 하지만 분명 달라지는 것이 있습니다. 바로 세상을 바라보는 나의 시선과 삶을 대하는 태도입니다. 타인이 인정하는 나의 모습보다, 스스로 느끼고 발견한 내 태도의 변화에서 비롯된 자신감과 감사하는 마음이 결국 나를 빛나게 합니다. 그 변화는 외부의 평가가 아니라 스스로의 깨달음에서 시작됩니다.

## 감사를 선택하는 태도

수용자들이 담장 안의 좁은 방에서도 감사하는 시간을 보낼 수 있는 이유는 오로지 그들이 스스로 그렇게 살기로 선택했기 때문입니다. 마음을 다해 감사를 실천하고 자신의 태도를 바꾸기로 결심했기에 비로소 내면의 평안을 찾을 수 있었습니다.

물론 감사를 쓰거나 말한다고 해서 일순간에 태도가 달라지는 것은 아닙니다. 감사는 단번에 사람을 바꾸는 기적이라기보다, 시간이 지나면서 서서히 마음이 바뀌어 가는 과정에 더 가깝습니다. 그래서 변화는 생각보다 천천히 찾아옵니다.

한 중년 남성 수용자는 감사 쓰기를 시작하고도 바로 변화를 느끼지는 못했다고 합니다. 처음에는 그저 형식적으로 감사를 채워 넣는 날들도 있었지만, 1년이라는 시간이 지난 뒤에는 자신의 마음과 태도가 분명히 달라졌음을 실감했다고 합니다.

"그동안 희미하게 느꼈던 가족의 사랑을 깨닫고 감정의 기복을 줄일 수 있는 성숙함이 생겼습니다. 누구나 속상하고 화날 때가 있지요. 최근에도 감정을 요동치게 한 사건을 겪으며 큰 상심과 분노가 일었지만, 별 탈 없이 감정이 빨리 변화되었습니다.

감사가 습관이 된 후 마음의 회복 속도가 빨라졌습니

다. 상대나 사물의 긍정적 측면을 감사 일기에 쓰면서 부정적 감정들이 상쇄되고, 과거 나를 분노케 했던 사건과 감정들이 과연 그렇게 생각할 일이었나 하는 반성을 합니다.

감사는 세 사람을 살린다고 들었습니다. 감사를 말하는 사람, 감사를 받는 사람, 감사를 듣는 사람. 제게 감사는 진행형이고 제 태도도 점점 명도와 채도가 밝아지고 있습니다."

## 어떤 순간에도 잃지 말아야 할 마음의 결

저는 가장 무지한 사람은 많이 배우지 못한 사람이 아니라, 감사할 줄 모르는 사람이라고 생각합니다. 각자의 삶에서 감사하는 태도는 우리 스스로 선택할 수 있는 품격입니다. 박사학위를 따지 않아도 라틴어로 시를 읊조리지 않아도 우리는 태도를 바꾸는 것만으로도 품격을 높일 수 있습니다.

수용소에서 감사 쓰기를 체험하며 방송통신대 청소년 교육복지 상담 과정을 공부 중인 한 수용자는 이런 소감문을 남겼습니다.

"저는 오늘의 제 삶이 감사하고, 지금이 제 인생에서 가장 아름다운 계절을 지나고 있다고 여겨집니다. 저는 인생에서 꼭 필요한 배움을 가르쳐 주는 '학교'에 살고 있습니다."

스물한 살에 전신 근육이 마비되는 불치병인 루게릭병 진단을 받은 스티븐 호킹 박사는, 의사로부터 2년여밖에 살지 못할 것이라는 시한부 선고를 받았음에도 이후 50년이 넘는 세월을 더 살았습니다. 그는 뺨의 미세한 근육 움직임을 감지하는 컴퓨터 장치를 통해 의사소통을 이어 가며, 좌절 대신 감사의 태도로 자신의 삶을 충만하게 만들어 갔습니다.

마비된 몸이라는, 어쩌면 더 잔혹한 감옥에 갇힌 듯한 상태에서도 그는 우주를 꿈꾸며 우주의 기원을 밝히는 데 전력을 다했으며, 우리에게는 지식뿐만 아니라 진정한 삶의 태도를 전했습니다.

감사는 좋은 환경이 만들어 주는 결과물이 아닙니다. 어떤 상황에서도 의미를 발견하려는 태도, 바로 그 선택에서 시작됩니다.

태도는 우리가 생각하는 것보다 훨씬 강력합니다. 그 어떤 화려한 수식으로도 흉내 낼 수 없는 호감과 기품을 완성하고, 사람들과 따스한 인연을 이어 가게 하는 힘이 됩니다. 결국 우리를 빛나게 하는 것은 우리가 가진 조건이 아니라, 우리가 선택한 태도입니다.

감사의 태도는 지금 이 순간, 누구나 스스로 선택할 수 있는 삶의 품격입니다. 지금 여러분은 어떤 태도로 이 책을 읽고 계신가요?

# 감사의 거울 앞에서
# 다시 마주한 나

이해인 수녀는 〈나를 키우는 말〉이라는 시에서 "아름답다 하는 동안은/ 나도 잠시 아름다운 사람이 되어/ 마음 한 자락이 환해지고"라고 말합니다. 얼마 전 이 시를 읽다가 문득 책상 앞 거울에 시선이 닿았습니다. 그런데 놀랍게도 거울 속 저는 환하게 미소 짓고 있었습니다. 이해인 수녀의 아름다운 시를 읽는 동안 제 마음도 시를 닮고 싶었던 모양입니다.

만약에 제가 분노와 혐오가 담긴 글을 읽고 있었다면 어땠을까요. 아마도 제 얼굴에 그 감정이 그대로 드러났을 테지요. 미간이 찌푸려지고 입술이 굳어지고 표정도 딱딱해졌을 것입니다. 우리가 무엇을 읽고 무엇을 생각하느냐에 따라 우리의 얼굴과 분위기까지 달라진다는 사실을 새삼 느끼게 되었습니다.

'내가 하는 말이 결국은 나를 키우고 나를 만든다'고 합니다. 우리가 무심코 내뱉는 말들이 사실은 우리의 생각과 마음 상태를 그대로 보여 주는 셈입니다. 평소에는 잘 보이지 않던 자신의 모습이 우리가 하는 말 속에서 자연스럽게 드러나기 때문입니다.

그래서 감사의 말은 단순한 예의 표현이 아니라 우리 내면을 비추는 거울이기도 합니다. 감사하다는 말을 자주 하는 사람은 마음속에도 감사가 자리 잡기 쉽고, 불평과 비난의 말을 자주 하는 사람은 자신도 모르게 그런 감정 속에서 살아가게 되는지도 모릅니다. 좋은 문학이 인간을 변화시키는 이유도 여기에 있습니다. 문학은 이야기로 끝나는 것이 아니라 인간의 마음을 비추는 거울이 되기 때문입니다.

## 셰익스피어 효과

영문학자 권오숙 선생이 〈논객닷컴〉에 연재한 칼럼에서 흥미로운 글을 읽었습니다.

"전 세계 교도소에서는 온갖 종류의 교정교화 프로그램을 시행해 왔습니다. 그중 1990년대부터 셰익스피어 프로그램이 크게 유행하여 세계적으로 확산되었습니다. 셰익스피어의 극들은 공연 관람이나 공연 참여, 혹은 읽기와 토론을 통해 많은 교정 시설에서 긍정적인 효과를 발휘했습니다. (중략) 셰익스피어는 어떻게 효과적인 재소자 교정 수단이 된 것일까요? 셰익스피어의 극, 그중에서도 특히 온갖 범죄들이 넘쳐나는 비극들은 재소자들에게 특별한 반향을 일으키고, 그들의 마음을 바꾸게 하는 힘을 지닌 것으로 밝혀졌습니다.

재소자들은 야망, 탐욕, 속임수, 배반, 복수 등의 주제로 가득한 셰익스피어의 극들에서 자신과 비슷한 인물들을 만나고, 자신처럼 잘못된 선택으로 파멸한 자들을 만납니다. 그리고 그 인물들이 하는 대사는 재소자들의 마음속으로 파고들어 어리석은 과거를 반추하게 만듭니다.

햄릿이 연극의 목적이 '예나 지금이나 세상을 거울에 비추어 주는 것'이라고 말했듯 셰익스피어를 만나지 않았다면 결코 들여다볼 수 없었던 자신들의 참모습을 보게 해 주는 것입니다. 그리고 악행을 저지르는 주인공들이 내면의 갈등을 읊조리는 독백은 재소자들의 마음속에서 들끓었던 질투심, 복수심, 탐욕 등을 고찰하게 해 줍니다. (중략) 자신의 고통의 근원을 자신 밖에서만 찾던 태도에서 벗어나 자기 내부에 있는 적을 발견합니다."

인디애나주립대학교의 로라 베이츠 교수는 1983년, 스물다섯의 나이에 교도소 수용자들을 대상으로 교육 봉사를 시작했고, 이후 셰익스피어 작품을 가르치는 프로그램을 운영하게 되었습니다. 처음에는 1년간의 봉사 활동으로 시작했지만, 수용자들의 변화를 목격하면서 이 일은 결국 그의 평생 소명이 되었습니다.

그는 이렇게 말했습니다.

"감옥은 철문과 쇠창살로 둘러싸인, 완전히 닫힌 공간이다. 단순히 인간의 육체를 격리하는 장소만이 아니라 한 인간을 철저히 배제하는 곳이다. 세상에서 추방된 자들이 모여드는 그곳에서 자유는 단호하게 거부된다. 인간은 오직 자기 자신과의 대면만을 허락받는다. 나는 가장 닫힌 공간에서 오히려 가장 큰 자유를 갈망하는 사람들을 조우할 수 있었다."

베이츠 교수가 만난 수용자 가운데 가장 놀라운 변화를 보인 인물은 래리 뉴턴입니다. 10대에 자신을 낳고 방치한 엄마, 폭력을 행사하던 계부, 전과자 형…. 그는 어린 시절부터 불안하고 거친 환경 속에서 성장했습니다. 결국 소년원과 교도소를 드나들던 그는 열일곱 살에 살인을 저질러 가석방 없는 종신형을 선고받았습니다.

그에겐 미래에 대한 희망도 기대도 없었습니다. 자포자기의 상태로 교도소 안에서도 폭력을 행사했고, 심지어 탈옥을 시도하는 등 문제 행동을 반복했습니다. 그러다 여러 차례 독방에 수감되기도 했습니다.

가석방의 기회조차 없는 뉴턴에게 셰익스피어 수업은 처음에는 아무 의미 없어 보였습니다. 무엇을 배운다 해도 상황이 달라질 가능성이 없었기 때문입니다. 그런데도 그는 셰익스피어를 읽기 시작했습니다.

그리고 예상하지 못했던 변화가 일어났습니다. 그는 작품에 몰입했고, 마침내 셰익스피어를 누구보다 진지하게 탐구하는 사람이 되었습니다.

그는 자신과 같은 처지의 수용자들을 위해《셰익스피어 가이드북》도 집필했습니다. 또 수용자들이 공연할 수 있도록 그들의 상황에 맞춰 셰익스피어 작품을 각색해 무대에 올렸습니다. 공연에 참여한 수용자들뿐만 아니라 관람한 수용자들까지도 큰 영향을 받았습니다. 교도소 안에서 긍정적인 에너지가 순환하기 시작한 것이지요.

베이츠 교수는 이런 일련의 긍정 에너지의 순환을 지켜보며 "셰익스피어를 통한 자각이 이들에게 '자기 안에 내재된 인간의 존엄성을 비추어 주는 거울'이 되었다"라고 강조합니다.

무엇보다 놀라운 것은 셰익스피어를 배우기 이전에는 수용자들이 저지른 교도소 내 위법 행위가 600건이 넘었는데, 이 프로그램을 시작한 이후에는 단 두 건에 불과했다는 것입니다. 그것도 폭력 사건은 아니었습니다.

교도소에서 실행하고 있는 여러 가지 교육과 교정 활동은 사실 사회에 복귀하고 난 뒤의 재범을 예방하기 위한 목적도 큽니다. 셰익스피어가 적어도 교도소 안에서의 범죄를 엄청나게 줄였다는 것은 놀라운 결과입니다.

베이츠 교수는 이 경험을 바탕으로 《감옥에서 만난 자유, 셰익스피어》라는 책도 펴냈습니다.

문학이 인간의 행동까지 변화시킬 수 있다는 사실을 보여 주는 놀라운 사례입니다. 우리나라에서 수용자들에게 권장하는 감사 편지와 감사 일기 쓰기 역시 셰익스피어 읽기나 강의 같은 집중 인성 교육의 하나입니다.

50대의 한 수용자는 감사 쓰기를 통해 태어나 처음으로 거울을 보듯 자기 자신과 마주하게 되었다는 소회를 밝혔습니다.

"나는 50년을 살면서 이렇게 다양한 교육과 강의, 심리 프로그램을 받아 본 적이 없습니다. 교도소를 왜 '학교'라고 부르는지 알겠더군요.

감사 일기를 쓰면서 내 일상을 처음으로 차근차근 돌아보게 되었습니다. 어머니, 아버지, 아내, 아이들, 친구들에게 감사 편지를 쓰면서 그들이 내게 해 준 일들과 함께했던 그 시절의 나를 떠올리게 되었습니다. 그 과정에서 나는 이곳에 버려진 외로운 존재가 아니라 사랑도 받았고, 사랑도 주었던 사람이었다는 사실을 깨닫게 되었습니다.

감사 쓰기를 하며 처음 든 생각은 내가 나를 잘 모르고 있었다는 것이었습니다. 아니, 알면서도 외면하려 했다는 생각이 들었습니다. 내가 웃으며 거울을 보면 거울 속 내가 웃듯이 감사하는 마음은 또 다른 나를 만들어 냅니다. 그리고 그 마음은 다른 사람에게도 전달됩니다."

## 칭찬이라는 단비로 피우는 마음의 꽃

문학이 인간의 내면을 비추는 거울이라면 우리의 일상에서는 칭찬과 감사가 같은 역할을 합니다.

제게는 다섯 살 손자가 있습니다. 동화책도 읽어 주고 장난감 선물도 사 주고 그 아이가 좋아하는 음식도 같이 먹습니다. 그런데 그 아이가 가장 기쁜 표정을 보여 줄 때는 따로 있습니다.

"와, 이 그림 너무 잘 그렸다!"

"너는 관찰력이 정말 좋구나. 며칠 전 산책할 때 본 나무를 기억하다니!"

그 순간 아이의 얼굴은 봄 햇살처럼 환하게 밝아집니다. 눈빛까지 반짝입니다. 이것은 어린아이만의 경우가 아닙니다. 어르신들도 마찬가지지요.

"전에 권해 주신 책을 읽고 좋아서 친구들에게도 권했더니, 다들 좋은 책 알려 줘서 고맙답니다. 덕분에 제가 우쭐했어요."

"오늘 입으신 재킷이 너무 잘 어울려요."

항상 느끼지만 이런 말 한마디에 사람의 표정은 눈에 띄게 달라집니다. 마치 시간이 거꾸로 흐르는 것처럼 얼굴이 밝아집니다.

심리학 연구에서도 사람들이 가장 오래 기억하는 순간 중 하나가 선생님에게 칭찬받았던 경험이라고 합니다. 저 역시 50년도 더 지난 고등학교 시절 담임선생님의 한마디를 아직도 잊지 못합니다.

"인경이는 글을 잘 쓰는구나. 기자가 되면 잘하겠다."

그 한마디로 제 진로가 정해졌습니다. 저는 신문방송학을 전공했고 결국 기자가 되었으니까요.

칭찬은 단순히 기분을 좋게 하는 말이 아닙니다. 사람을 다시 일으켜 세우는 심리적 자양분입니다. 자존감이 무너졌을 때, 자신감을 잃었을 때, 삶의 의욕이 꺼져 갈 때, 칭찬은 시들어 가던 꽃에 내리는 단비처럼 사람을 다시 살아나게 합니다.

감사는 바로 이런 칭찬의 또 다른 얼굴입니다. 우리가 칭찬하면 상대는 감사함을 느끼고, 그 표정을 보는 우리는 다시 행복을 느끼게 됩니다. 흥미로운 사실은 감사를 받을 때보다 감사하다고 말할 때 우리 뇌에서 더 많은 세로토닌과 도파민, 엔도르핀이 분비된다는 점입니다. 그 행복은 환경이 주는 것이 아니라 우리가 선택하는 것입니다.

## 당연한 것은 없다는 뒤늦은 깨달음

어느 수용자가 피해자에게 '100 감사 쓰기'를 한 내용을 읽으며, 저는 '감사는 자기 자신을 만나는 과정'이라는 생각이 들었습니다.

"저를 돌아볼 수 있는 시간을 주셔서 감사합니다.

더 나빠질 수 있는 저를 법이라는 심판으로 막아 주셔서 감사합니다.

진정한 반성이 무엇인지 알게 해 주셔서 감사합니다.

저의 인간관계를 돌아보고 재정비할 수 있게 해 주셔서 감사합니다.

당신을 위해 기도할 수 있는 기회를 주셔서 감사합니다.

당신을 피해 다니지 않고 마주할 수 있게 된 것에 감사합니다.

불안 속에서 살던 인생을 편히 잠들 수 있는 삶으로 인도해 주셔서 감사합니다.

부끄러움을 알게 해 주시고, 다시는 죄짓지 않겠다고 다짐할 수 있게 해 주셔서 감사합니다."

한 수용자가 9개월간 감사 일기를 쓰고 난 뒤 남긴 소감문도 소개합니다.

"'대체 감사가 뭐지?' 하는 의문과 귀찮다는 생각, 지겹다는 마음을 오가며 감사를 기록한 지 어느덧 9개월이 되었습니다. 어느 순간 달라진 제 모습을 발견할 수 있었습니다. 당연해서 지나쳤던 것, 사소해서 무시했던 것들이 조금씩 눈에 들어오고, 세상에 당연한 것은 없다는 것을 깨닫게 되었습니다. 밥을 먹고 물을 마시는 것도, 잠을 자고 꿈을 꾸는 것까지도 절대 당연한 것이 아니었습니다.

모든 일에 구체적으로 감사할 줄 알게 되고 사소한 것에 귀중함을 알게 되니, 전보다 더 생생하게 살아 있음을 느낍니다. 제가 가진 감사하는 마음을 동료들과 나누는 것이 오히려 제게 더 큰 행복을 준다는 것도 깨닫게 되었습니다.

감사는 나를 비추는 '거울'입니다. 내가 먼저 시작하면 내게 반드시 돌아옵니다."

미국의 언론인 데보라 노빌은 수천 명의 인터뷰와 감사의 힘에 대한 과학적 연구를 바탕으로, 삶에 긍정적 변화를 가져오는 방법을 기록한 《감사의 힘》을 출간했습니다. 〈뉴욕 타임스〉 베스트셀러에 오르기도 했지요.

그 책에는 작은 일에도 감사하고 또 감사의 에너지를 통해 성취를 이룬 사람들의 이야기가 담겨 있습니다. 노빌은 위대한 성공이 '감사합니다'라는 말을 자주 하는 사소한 습관에서 비롯된다면서 더 늦기 전에 옆에 있는 사람에게 고맙다고 말하라고 강조합니다.

"행복(Happiness)은 '감사합니다'로부터 시작되고, 성공(Success)은 '고맙습니다'가 보장합니다. 사람의 가슴이 움직이는 시간은 0.3초입니다. 불안투성이의 나에서 탈출하는 시간이기도 합니다."

감사 편지 공모전에서 수상한 한 여성 수용자의 글은, 교도소에서 진정한 자아와 미래를 바라보는 감사의 거울을 발견했다는 내용을 담고 있어 깊은 울림을 줍니다.

"형량 10년이라는 낙인이 찍힌 채 도살장에 갇힌 짐승과도 같은 현실을 부정하고만 싶었습니다. 그땐 제게 '희망'이란 단어는 실체 없는 의미만 수십 개인 사기꾼의 언어에 불과했습니다.

제게 내려진 10년 형벌은 '제 삶을 사랑하지 않은 데 대한 벌'입니다. '자신을 소중히 여기지 않은 데 대한 벌'입니다. 그 죗값은 쓰디써 입안이 헐어 쓰라릴 정도입니다. 각박한 현실, 그리고 5평 남짓한 방에서 이루어지는 편협한 삶. 이것이 지금 저의 삶이자 제게 내려진 형벌입니다.

그동안 저는 내 삶을, 나 자신을 관객의 입장에서 무대를 바라보듯 바라보았습니다. 지금 제게 중요한 것은 교도소에서 어떻게 버텨 내느냐가 아닙니다. 막다른 골목과도 같은 이곳에서 저는 혼자가 아니라는 사실, 내 삶은 무엇보다 내가 먼저 사랑해 주어야 할 책임이 있다는 것, 그리고 조건 없이 사랑받을 수 있을 뿐 아니라, 아무런 대가 없이 사랑할 수 있는 존재 또한 바로 나 자신이라는 사실을 배워 가는 중입니다.

지울 수 없는 저의 죄가 제 삶을 '피해물'로 만들도록 내버려두지 않겠다고 수용 생활을 하며 다짐하게 되었습니다. (중략) 이곳에서 처음으로 마치 거울을 보듯 자신과 마주하면서 이런 시간과 경험을 갖게 될 수 있음에 감사합니다.

물론 수용소 삶이 타인들의 CCTV 시선에서 24시간 통제받는 것이지만, 저는 그것이 주는 이로움만을 생각하려 합니다. 그것이 주는 감사한 변화에 대해서만 생각하려 합니다. 이것이 제 삶을 진정으로 사랑해 가는 저만의 방식입니다. 이것이 제 삶에 용서를 구하고, 사회로부터 죗값을 치르며, 제 자신에게 화해를 구하는 저만의 태도입니다. 제가 저를 진정으로 마주 보게 된 것에 감사합니다."

원망을 말하면 원망이 남고, 분노를 말하면 분노가 남습니다. 하지만 감사를 말하면 그 감사가 결국 내 안에 머뭅니다. 감사는 상대에게 건네는 말이기 전에, 나 자신을 향한 거울입니다.

셰익스피어의 문학이 인간의 내면을 비추었듯, 일상의 작은 감사 한마디도 그렇게 작동합니다. 그 거울 앞에 서면 상처만이 아니라, 아직 식지 않은 따뜻함도 함께 보입니다.

저는 오늘 그 거울 앞에 다시 섭니다. 어제의 후회와 내일의 불안에 가려 보이지 않았던 나를 찾기 위해서입니다. 숨 쉬듯 감사할 때, 거울 속에서 사랑받아 마땅한 내 얼굴을 다시 만날 수 있을 테니까요.

당연하다 믿었던 것들이
당연하지 않음을
깨닫는 순간,
평범하던 하루는
선물처럼 빛나고,
감사는 그 틈에서
조용히 피어납니다.

감사의 현미경으로 찾아낸
사소하지만 소중한 기쁨

사람들은 남의 결점에는 마치 현미경 렌즈를 들이대듯 집요하게 시선을 고정합니다. 그리고 작은 흠도 크게 확대해 해석합니다. 하지만 정작 아름다운 것, 감사한 일, 가족과 지인의 장점을 찾는 일에는 현미경은커녕 눈을 크게 뜨는 수고조차 하지 않으려 합니다.

어쩌면 우리 주변의 감사를 찾아내는 일은 보물찾기보다 더 어려운 일일지도 모릅니다. 하지만 그 노력이 습관이 되고 일상이 되면 경이로운 변화가 일어납니다. 단순히 보는 눈이 달라지는 것이 아니라 기억의 저장소인 뇌의 해마에도 감사의 현미경이 장착된 듯, 좋은 기억과 따뜻한 장면들이 더욱 또렷하게 저장되기 시작합니다.

## 불량 낱알에 집착하지 않기

저와 친분이 있는 한 전문직 여성은 결혼한 지 9년이 되었는데 남편과 갈등이 깊어져 이혼까지 고민하고 있었습니다. 사적인 문제라 구체적으로 묻지는 않았지만 어느 순간부터 표정이 어둡고 안색도 좋지 않았습니다. 그런데 얼마 전 오랜만에 만난 그는 얼굴도 옷차림도 봄날처럼 밝아져 있었습니다.

"서로 얼굴을 보는 것도, 목소리를 듣는 것도 짜증 나던 때가 있었어요. 이혼도 생각했지만 아이가 마음에 걸리더군요. 그래서 친구의 권유로 부부 상담소를 찾았습니다."

상담소장은 질문지를 나눠 준 뒤 뜻밖의 과제를 냈다고 합니다.

"서로에게 감사한 점 20가지를 써 보세요."

단점이나 불만이라면 100개도 쓸 수 있을 것 같았지만 감사할 일은 쉽게 떠오르지 않았다고 합니다. 그래도 시작해 보자는 마음으로 펜을 들었다더군요.

"처음에는 장난처럼 '세상에는 폭력 남편도 많은데 나를 때리지 않아 감사하다' 같은 걸 썼어요. 그런데 하나, 둘 적다 보니 '아이와 잘 놀아 준다', '내 직장생활을 존중해 준다', '장인 장모 생일을 챙긴다', '음악 취향이 비슷하다' 같은 것들이 계속 떠오르더라고요."

결국 20개를 다 채웠고, 오히려 더 쓸 것도 생겼답니다. 남편 역시 마찬가지였고요.

"이렇게 감사할 일이 많은데도 사소한 결점 몇 가지 때문에 서로를 비난해 왔다는 사실이 부끄러웠어요. 그래서 서로의 감사 목록을 벽에 붙여 두었습니다."

그는 이런 비유도 덧붙였습니다.

"쌀을 씻다 보면 가끔 떠오르는 불량 낱알이 있잖아요. 그런데 그것 때문에 밥 지을 쌀을 전부 버릴 뻔한 셈이었죠."

그리고 올해 목표도 세웠다고 합니다.

"연말에는 서로에게 감사한 것 50가지를 써 보려고요. 그만큼 더 잘 관찰하고 더 깊이 이해해야 하겠지요."

그의 이야기를 들으며 저는 이렇게 생각했습니다. 어쩌면 감사란 사랑을 유지하는 능력이 아니라, 상대를 다시 발견하는 능력일지도 모른다고 말입니다.


## 사랑은 이미 그곳에 있었다

수용자들이 쓰는 감사 편지, 특히 '100 감사 쓰기'를 읽어 보면 한 가지 공통점이 있습니다. 떨어져 있어서 그리움이 커진 이유도 있지만, 평소에는 잘 느끼지 못했던 가족에 대한 감사가 놀라울 만큼 많이 발견된다는 점입니다.

남편에게 100개의 감사를 쓴 한 아내의 글입니다.

"길을 걸을 때 항상 차도 안쪽으로 걷게 하며 나를 보호해 줘서 감사해요.

주변 사람을 제대로 경계하지 못한 제 잘못으로 인생에 지울 수 없는 상처를 남겼는데도, 수용소에 있는 나를 믿어 주고 위로해 줘서 감사해요.

회나 고기를 먹을 때 늘 먼저 쌈을 싸 주며 내가 사랑받는 사람임을 느끼게 해 준 당신, 감사합니다.

잠이 오지 않는다고 하면 팔베개를 해 주고 등을 토닥이며 '수덕사의 여승'을 불러 주던 당신이 있어 행복했어요. '나는 늘 같은 자리에서 기다릴 테니 마음 편히 형기를 마치라'고 말해 줘서 감사해요."

또 한 남성 수용자는 수감 전에 이혼했던 아내가 재결합을 제안했다며, 이렇게 100가지 감사를 전했습니다.

"기혼 수용자 대부분이 수감 뒤 이혼하는데 오히려 감사 쓰기를 한 후에 재결합하자는 말을 들었습니다. 이곳에서 식어 버린 부부의 사랑이 다시 살아나게 되어 감사합니다.

내가 결혼 축가를 부르던 목소리가 그립다며 악보를 보

내 줘서 감사합니다.

부도로 큰 집을 팔고 작은 집으로 이사 갔을 때도 '당신만 있으면 된다'고 말해 준 당신, 감사합니다.

빵을 좋아하는 당신을 위해 갓 구운 빵을 사다 주면 기뻐해 줘서 감사합니다.

딸들과 처가 식구들에게도 나를 치켜세우며 칭찬해 줘서 감사합니다.

면회를 와서 초라해진 내 모습을 보고도 '역시 내 남편 멋있다!'라고 말해 줘서 감사합니다."


평소에는 당연하게 여기던 것들, 너무 익숙해서 감사한 줄도 몰랐던 것들이 감사하기로 마음먹는 순간 하나씩 살아나기 시작합니다. 감사는 없던 사랑을 만드는 것이 아니라, 이미 그곳에 있던 사랑을 다시 이어 주는 힘입니다.


## 감사의 정원을 가꾸는 노력


우리 집에는 작은 마당이 있습니다. 봄부터 늦가을까지 저는 비 오는 날만 빼고, 매일 아침 그 마당에 나갑니다. 커피 한 잔을 들고 가 의자에 앉아 조용히 풍경을 바라봅니다. 퇴직 후 제가 누리는 가장 큰 사치이기도 합니다.

저는 그 마당을 '감사의 정원'이라고 부릅니다. 그곳에서 특별히 고마운 일이 일어나서가 아니라, 거기에 머무는 것만으로도 감사의 마음이 비눗방울처럼 세포마다 몽글몽글 피어오르기 때문입니다.

어느 날 꼭 피어나야 한다는 약속을 한 것도 아닌데 해마다 계절에 맞춰 피어나는 꽃들, 그저 햇빛과 물만 선물 받았을 뿐인데 변덕스러운 날씨 탓도, 게으른 주인 탓도 하지 않고 늘 자리를 지키는 나무들, 그 나무에 쉬러 찾아온 새들, 너무 아름답게 피어 있는 이름 모를 풀꽃들, 고개를 들어 바라본 파란 하늘과 구름까지….

그곳에 앉아 있으면 저는 신과 우주와 자연의 위대함 앞에서 겸손해집니다. 에어컨도 보일러도 없이 스스로 몸을 바꾸며 살아가는 나무들을 보면서 제 안의 사소한 욕심과 옹졸함도 내려놓게 됩니다.

그때마다 저는 제 손에 보이지 않는 현미경 하나가 들려 있다고 생각해 봅니다. 그 현미경으로 감사할 것들 하나씩 찾아 적다 보면 넘치는 감사 목록만큼 제 행복 지수가 높아집니다. 그래서인지 저는 직장 생활을 할 때보다 지금 훨씬 더 평온한 얼굴로 살고 있습니다.

수용자들 중에는 담장 밖 사람들이 상상도 하지 못할 열악한 환경 속에서도, 마치 현미경으로 세포를 관찰하는 학생들처럼 매일 감사를 찾아 기록하는 이들이 있습니다.

"오늘은 기온이 33도에 육박해 얼음물이 지급되었습니다. 다른 곳과 비교할 것 없이 월·수·금, 주 3회라도 지급 받을 수 있다는 사실에 감사합니다.
요즘 관내 도서가 늘어나서 감사하고, 매주 한 번씩 그 도서를 대여해 읽을 수 있기에 감사합니다."

"오늘은 흐리고 비가 왔지만 그래도 빨래가 적당한 시간에 적절히 말라서 감사합니다.
모처럼 만둣국이 나와 맛있게 점심을 먹었고, 좋아하는 과자도 처음 부식으로 제공되어 너무 감사합니다.
옆방 사람이 내내 시끄러워 신경이 쓰였지만, 그래도 밤에는 조용히 해 줘 잠은 잘 수 있어서 감사합니다."

어떤 곳에서는 열한 명의 수용자가 한 방에서 생활하는데, 화장실도 하나뿐이라고 합니다. 아침 식사를 마친 뒤 공공 작업에 나가려면 시간이 턱없이 부족할 수밖에 없는 상황이지만, 서로를 배려하며 기다려 주기에 큰 갈등 없이 지낼 수 있음에 감사하다는 글을 남긴 수용자도 있었습니다.

"지난날을 돌아보면 제 의식 수준은 거의 밑바닥이었습니다. 이곳 동료들과 이야기를 나누면서도 과거를 포장하기에 바빴고, 있는 척, 아는 척, 잘난 척은 기본이었습니다. 무조건 자존심을 내세우며 수감 생활을 하다 보니 종종 아무것도 아닌 일로 싸움도 많이 했습니다.

그렇게 감옥 안에서도 또 다른 감옥 생활을 하며 무의미한 시간 속을 헤매던 어느 봄날, 아침 반찬으로 모둠 씨앗이 나왔습니다. 너무 맛있어서 허겁지겁 먹다가 점심에 먹으려고 비닐봉지에 한 움큼 담아 주머니에 넣고 공장으로 출역을 나갔습니다.

오후에 운동장에 운동하러 갔는데 그때까지도 주머니에 넣어 둔 모둠 씨앗을 깜빡 잊고 있었습니다. 그런데 옷 속에서 반찬 냄새가 나는 것 같아 하는 수 없이 씨앗을 공장 텃밭에 뿌리고 흙으로 덮어 두었습니다.

그런데 한 보름쯤 지났을 때 놀라운 일이 일어났습니다. 무심결에 뿌려 두었던 모둠 씨앗 중에서 해바라기와 호

박의 싹이 올라온 것입니다. 너무나 신기하고 놀라워 매일 물을 떠다 주며 정성껏 돌봤습니다. 해바라기는 점점 키가 커지더니 급기야 예쁜 꽃을 피웠습니다.

그때 깨달았습니다. 한낱 반찬으로 나온 씨앗일지라도 땅에 심고 물을 주며 '옳지, 예쁘다. 잘 자라라. 넌 할 수 있어. 예쁜 꽃을 피울 거야'라고 다정히 응원해 주면, 아무 희망 없어 보이던 그 작은 몸짓 안에 숨겨진 기적 같은 생명력을 끝내 드러낸다는 사실 말입니다.

삶의 가치관이 통째로 바뀌는 사건이었습니다. 반찬에 불과한 씨앗도 이렇듯 반전의 역사를 쓰는데, 만물의 영장이라고 자부하는 인간인 나는 도대체 무엇을 하고 있었나 부끄러웠습니다.

그리고 긍정과 감사의 진실됨을 좁은 공간 안에서 깨닫게 되었습니다. 겨울철 창살 너머로 들어오는 햇살 한 조각을 쬐며 그 햇살이 얼마나 위대한 힘을 지니고 있는지를 비로소 알게 되었습니다.

이제는 현미경의 시선으로 운동장의 개미와 풀잎 하나까지도 감사한 눈으로 바라봅니다. 위대한 신께서는 단 한 종류도 허투루, 무의미하게 만들지 않았음을 깨닫는 삶을 살고 있습니다. 비록 이곳이 감옥이지만 마음만큼은 드넓은 초원 위에서 자유를 느낍니다. 늘 어떤 상황에서도 감사와 긍정을 찾고자 노력하겠습니다."

## 시시포스의 정상에서 불을 밝히는 법

행복의 반대말은 불행이 아니라 불만이라는 말이 있습니다. 불만은 내가 누리지 못하거나 갖지 못한 것에 대한 분노에서 나옵니다. 반면 감사는 지금 내가 가진 작은 기쁨을 크게 확대해 줍니다. 덕분에 행복을 더 자주 선물 받게 됩니다.

자신이 보낸 하루를 돌아보며 감사할 거리를 찾아 기록하는 '5 감사 쓰기'는, 마치 대형마트의 진열대처럼 감사의 종류가 참으로 다양하다는 사실을 깨닫게 해 줍니다.

마냥 권태롭게 느껴지는 일상, 내비게이션도 표지판도 없는 사막에 버려진 듯 막막한 미래, 시시포스처럼 매일 바위를 밀어 올려도 다시 굴러떨어지는 형벌 같은 나날들…. 그럼에도 불구하고 수용자들은 이 무채색의 하루 속에 스스로 감사의 불을 밝힙니다. 비록 지도는 없지만 다시 걸어갈 힘을 자기 자신에게 건네줍니다.

　어쩌면 시시포스 역시 바위를 밀어 올린 정상에서 어제와 조금은 달라진 풍경을 바라보고, 스쳐 가는 바람의 냄새를 맡으며, 또 하루를 견뎌 냈다는 사실에 조용히 감사했을지도 모릅니다.

　현미경처럼 정밀하지는 않더라도, 우리에게도 감사를 찬찬히 들여다볼 돋보기 하나쯤은 필요합니다. 늘 곁에 있었지만 보지 못했던 것들, 너무 사소해서 그냥 지나쳤던 것들을 또렷하게 보여 주는 돋보기를 들고 감사의 세계로 걸어가는 것, 그것이 어쩌면 건강한 삶으로 가는 가장 단순한 비법일지도 모릅니다.

　감사는 무채색의 일상에 들이대는 현미경입니다. 작아서 보이지 않던 행복까지 또렷하게 보여 주는 삶의 가장 따뜻한 렌즈입니다. 오늘 몇 개의 감사를 찾으셨나요? 하루 단 한 가지라도 감사할 일을 찾아냈다면 이미 행복을 발견하는 방법을 아는 사람입니다.

# PART 2

# 감사로
# 채우는
# 마음의 빈칸

마음의 다락방 속 보물을 꺼내는
감사라는 주문

제가 어렸을 때 서울은 아파트보다 주택이 흔한 풍경이었습니다. 당시 적산가옥이라 불리던 일본식 집들에는 다락방이나 '오시레'라 불리는 공간이 꼭 하나씩 있었습니다. 깊숙한 방을 뜻하는 '오실娛室'과 발음이 비슷해 혼동하기 쉽지만, 본래는 '밀어 넣다'라는 의미의 일본어 '오시이레おしいれ'에서 온 말로 일종의 벽장이나 수납 공간을 말합니다.

방 안쪽 구석에 두 단으로 만들어진 그 공간을 잔뜩 쌓아둔 물건들을 밟고 올라가 보면, 다소 어수선하지만 마냥 아늑하게 느껴집니다. 그곳에는 철 지난 이불과 옷가지, 빛바랜 앨범, 아이들의 일기장이나 성적표, 제사 지낼 때 사용하는 제기, 어머니의 가계부, 아버지가 결혼 전 어머니에게 보낸 연애편지까지 시간이 멈춘 듯 조용히 잠들어 있었습니다. 먼지가 쌓여 있었지만 그 속에 담긴 기억만큼은 오히려 더 또렷하게 빛났지요.

다락방은 한 가족의 눈물과 탄성, 슬픔과 행복이 보관된 도서관 같은 장소였습니다. 그들의 기록과 비밀, 그리고 시간이 쌓아 올린 추억이 모여 있는 공간이었습니다.

어느 날은 오빠한테 야단맞고 다락방으로 도피(?)했다

가 그곳에서 잠들었는데, 가족들은 제가 없어진 줄 알고 난리가 난 적이 있었습니다. 지금 생각하면 황당한 추억이지만, 그만큼 다락방은 숨고 싶을 때 숨을 수 있는 마음의 피난처이기도 했습니다.

## 마음의 다락방 풍경

비록 그 다락방은 사라졌지만 저는 중학생 때부터 쓴 일기장을 아직도 간직하고 있습니다. 가끔 꺼내 읽어 보면 울면서 썼는지 어떤 페이지에는 잉크가 번져 흐릿해진 문장도 있고, 어떤 날에는 상을 받았는지 절대 남들에게는 표현하지 못하는 제 자랑이 쓰어 있기도 합니다. 보고 있노라면 유치하지만 순수했던 어린 시절로 잠시 돌아간 듯합니다.

눈물로 쓴 일기도 이제는 아름다운 기억으로 느껴집니다. 저를 힘들게 했던 사람들조차 지금은 저를 더 단단하게 만들어 준 고마운 존재처럼 느껴집니다.

행복과 고통, 기쁨과 눈물로 가득한 물건과 추억이 결국은 웅장한 기둥처럼 저를 지탱해 주고 있습니다. 여전히 상처받고 좌절해도, 나이가 들어 모든 문들이 닫혀 가는 듯한 비참함이 느껴지는 순간에도 제가 그토록 나약한 사람이 아님을 느끼게 해 줍니다. 제 안에는 아직도 사라지지 않는 다락방이 있고, 그곳에는 추억과 사랑이 살아 숨 쉬고 있으니까요.

수용자들의 감사 편지를 읽으며 저는 그들의 다락방 풍경을 함께 보았습니다. 비록 몸은 감옥에 갇혀 있지만 그들의 마음은 추억의 다락방 곳곳을 구석구석 누비며 소중한 추억, 손때 묻은 물건들을 하나하나 찾아내고 있었습니다. 그들은 그 다락방 안에서 사랑의 흔적들을 발견하고, 그것들을 감사라는 실로 다시 엮어 가고 있었습니다.

"할머니가 말씀해 주셨어요. 저는 아기 때 너무 예민해 바닥에 내려놓기만 해도 울어서, 엄마가 하루 종일 업어서 키워야 했다고요. 산후조리도 제대로 못 하고 힘드셨을 텐데, 24시간 저를 업어 키워 주신 엄마에게 감사합니다."

"매일 저녁 자기 전에 동화책을 동화 구연하듯 재밌게 읽어 주시던 어머니의 모습이 아련히 떠오릅니다. 동화책을 읽다 잠들어 좋은 꿈을 꿀 수 있었음에 감사드립니다."

"딸아, 이 고통 속에서도 나는 네가 태어나 오물오물하며 내 젖을 물던, 그날의 충만한 기쁨과 행복을 기억하며 버틴다. '이쁜 짓!' 하면 두 눈을 꼭 감으며 해맑게 웃던 네 모습이 지금도 선하다. 죄를 지어 격리된 엄마를 이해해 주고, 늘 힘내고 건강 챙기라는 말을 해 줘서 이 못난 엄마는 버티고 있다."

"어머니, 아침잠이 많은 이 아들을 매일 같이 챙겨서 학교에 보내 주시고, 초등학교 때 다리를 다쳐 깁스를 했을 때는 무려 2주일을 직접 업어서 등하교시켜 주셨지요. 어머니 등에 업혀 학교에 가던 길의 모습과 향기와 분위기를 아직도 생생히 기억합니다. 어머니 덕분에 저는 초중고 12년을 빠지지 않고 다녀 개근상을 탔습니다. 팔은 안으로 굽는다고 하는데, 어머니는 오히려 늘 저의 잘못을 두고두고 반성하라고 냉철하게 지적해 주셨지요. 그 따끔한 질책에 정신을 바짝 차리게 됩니다. 제 잘못에 대해 제 편을 들어 주지 않으셔서 저는 한 번 더 제 죄를 되돌아보며 사죄하고 속죄하며 새사람으로 다시 태어나고자 노력하고 있습니다. 어머니, 사랑합니다."

"우리 가족이 인사동에 나들이 갔을 때 너무 마음에 드는 옷을 보시고도 비싼 가격 때문에 망설이시던 어머니…. 괜찮다고 손사래 치는 어머니께 '이제 돈 잘 버는 아들이 사 드릴 수 있다'며 겨우겨우 장만해 드렸지요. 접견때 그 옷을 입고 오셔서 우리의 단란했던 시간이 떠올라 행복했습니다. 그 옷을 입어 주셔서 고맙습니다."

이처럼 사람의 마음속 다락방에는 잊고 있었던 사랑이 생각보다 많이 남아 있습니다. 평소에는 보이지 않지만 감사라는 손전등을 켜는 순간 하나씩 모습을 드러냅니다.


## 아픈 기억이 따뜻한 의미가 되는 순간

꼭 아름답고 따뜻했던 기억만 감사가 되는 것은 아닙니다. 오히려 힘들었던 순간들이 시간이 지난 뒤 더 깊은 의미로 남는 경우도 많습니다.

로마 제국의 정치인이자 사상가인 세네카는 이런 글을 남겼습니다.

"견디기 힘들었던 일도 지나고 나면 달콤한 기억이 된다."

우리는 고통스럽던 경험조차 시간이 지나면 삶의 의미로 바뀌는 순간을 만나곤 합니다. 그리고 그때 비로소, 그 시간마저 감사하게 됩니다.

한 중년 여성은 이혼 후 90대 아버지의 집으로 들어가 함께 살기 시작했습니다. 이혼으로 모든 것을 상실하고 자존감마저 무너진 듯한 중년의 딸, 몇 년 전 아내를 잃고 혼자 살아가는 데 겨우 익숙해졌지만 여전히 고독한 고령의 아버지. 두 사람의 삶에는 경제적 여유도 활기도 없었습니다. 그런데 딸은 우울이 암막 커튼처럼 드리워진 낡은 집, 그 절망의 공간에서 생각을 바꾸었습니다. 그 오래된 집에서 아버지와 함께 추억과 감사할 것을 찾아보기로요.

"아버지, 이 소파 아버지가 고르셨잖아요. 오래 쓸 물건은 싸구려를 사면 안 되고 돈을 투자해 고급 제품을 사야 한다고 하셨는데, 그 결정이 옳았네요. 아버지, 감사해요. 내가 이혼 후 돌아와서도 이렇게 편하고 아늑한 소파에서 쉴 수 있게 해 주셔서요."

처음엔 딸의 감사에 어색해하고 쑥스러워하던 아버지도 서서히 변하기 시작했습니다. 옛날 가족 앨범을 가져와서 딸이 얼마나 예쁘고 똑똑했는지, 명문 대학에 합격했을 때 얼마나 자랑스러웠는지, 그리고 지금도 이혼의 상처를 잘 견뎌 내서 참 대견하다고 말했습니다.

마치 아버지와 딸이 타임머신을 타고 과거로 돌아가, 그때는 미처 알지 못했던 감사의 순간들과 시간이 지나도 자리를 지키고 있는 물건들을 하나씩 다시 만나고 있는 듯합니다. 그 기억들을 따라가다 보면 마음에 드리워 있던 어두운 암막 커튼이 서서히 걷히고, 어느새 창가로 따스한 햇살이 깊이 스며들 듯 삶이 환하게 밝아지겠지요.

이제 중학생이 된 딸에게 다섯 번째 '100 감사 쓰기'를 한 수용자는 이렇게 감사의 마음을 전합니다.

"이상하게도 딸에게 감사 글을 쓸 때마다 같은 내용이 없습니다. 딸에게 감사한 것들이 500가지가 넘는다는 것을 글로 표현해 가며 알게 되었습니다.

딸이 세상에 태어났을 때 눈물 날 만큼 벅찬 감동을 느꼈습니다. 자전거를 처음 배우며 아빠와 함께 타고 싶다고 해 시간이 날 때마다 아파트 앞 광장에서 함께 자전거를 타던 추억이 있습니다. 딸아이는 어렴풋이 아빠와 자전거를 탄 기억이 난다고 했습니다. 억지로라도 아빠와의 추억을 떠올려 준 딸의 사랑이 감동입니다.

나의 보석이자 보물인 딸. 훗날 딸이 시집을 가고 아이를 낳겠지요. 그 손주들을 생각하면 절로 흐뭇해집니다. 저의 수용 생활로 인해 딸의 초등학교 졸업식도, 중학교 입학식도 참석하지 못했습니다. 그러나 언젠가 딸이 정말 자랑스러워하는 아버지, 손주들에게는 멋진 할아버지가 되겠다는 마음으로, 모범적인 수용 생활을 하며 가석방으로 나가기 위해 최선을 다하고 있습니다.

매일 다른 감사의 글을 쓸 수 있도록 이 아빠에게 추억과 사랑을 준 딸에게 감사하며 함께할 미래에도 미리 감사를 전합니다."

감사란 좋은 기억만 떠올리는 일이 아니라, 힘들었던 기억까지 다시 해석하는 지혜인 듯합니다.

## "Yes"라고 말하는 순간 퍼지는 긍정의 울림

기억의 다락방에서 추억을 꺼내는 일과 비슷하게, 어떤 사람들은 삶의 태도를 바꾸는 단 하나의 단어를 통해 인생을 다시 바라보기도 합니다.

우리에겐 비틀스의 멤버 존 레넌의 아내로 알려진 오노

요코는 사실 실력 있는 아티스트입니다. 설치 미술가인 그가 2003년에 처음 한국을 방문해 〈오노 요코 Yes!〉라는 전시를 열었습니다. 저는 그곳에서 'Yes'라는 설치 작품을 만났습니다. 전시장에 있는 사다리를 타고 올라가면 사다리 위에 돋보기가 놓여 있었는데, 그것으로 천장의 글을 읽어 보라는 설명이 있었습니다.

사다리 위에서 아슬아슬한 자세로 돋보기를 들어 천장에 적힌 글을 읽어 보니 단 하나의 단어가 보였습니다. 'Yes!'였습니다. 내게 닥친 모든 일에, 이 세상에서 가장 긍정적인 단어인 "네!"라고 답하고 당당하게 맞이하라는 의미였습니다.

저는 제안을 받을 때마다 가능한 "Yes"라고 하고 새로운 도전을 합니다. 지금 쓰고 있는 이 책 역시 쓰지 않아도 될 이유가 100가지가 있었지만, 기꺼이 "Yes"라고 말했습니다. 덕분에 힘들긴 하지만 '감사'의 세계를 탐험하는 기쁨을 누립니다. 이 책이 감사의 의미와 수용자들의 긍정적 변화를 전하며 베스트셀러가 되는 상상을 하면서요.

결국 "Yes"라고 말하는 태도와 감사는 같은 뿌리를 가지고 있는지도 모릅니다. 받아들이는 마음에서 시작되기 때문입니다.

틱낫한 스님도 이와 유사한 '미소 요가'라는 예스 훈련을 합니다.

"명상을 하고 있든 신호등 빨간불에 멈춰 서 있든 하루에도 여러 번 입가에 가볍지만 진정한 미소를 지으십시오. 입가에 지은 미소의 꽃봉오리가 의식에 자양분을 주어 기적처럼 주변 사람들에게 행복을 가져다줍니다. 미소에 사용되는 근육은 실제로 안전하다는 생물학적 신호를 신경계에 보내서 도망가거나 싸우거나 얼어붙는 반응을 안전하게 이완시켜 줍니다. 미소는 두려움 없이 경험을 기꺼이 받아들이는 조건 없는 친절의 예스입니다. 우리 삶에 예스라고 말하세요."

어려운 일이 닥쳐도 과거 경험으로 '별일 아닐 거야. 견뎌 낼 수 있어'라는 마음이 듭니다. 자존감이 지하 5층 바닥으로 떨어질 때는 '내가 이것밖에 안 되는 인간인가?' 하는 자괴감 대신에 제 기쁨과 영광의 시간들, 그리고 항상 나를 믿어 주고 용기를 주던 가족과 친구들을 떠올리며 '난 사랑받고 존중받아 마땅한 사람이야'라고 제 머리를 쓰다듬어 줍니다. 온통 막막하고 스트레스 가득한 삶에 힘주어 "Yes!"라고 말하는 순간 저를 옭아맸던 사슬이 풀리는 해방감이 느껴집니다.

## 잊힌 보물을 깨우는 정직한 열쇠

우리에게 진정 필요한 것은 새로운 무언가를 채우는 일이 아니라, 이미 가지고 있는 소중한 것들을 다시 꺼내어 닦는 일입니다. 그러니 감사와 사랑으로 우리 안에 있는 보물들, 아니 다락방에 아직 남아 있는 추억과 행복의 자산들을 꺼내면 됩니다.

그런데 다락방은 우리의 손으로 열거나 집에서 열쇠를 찾으면 되지만, 마음의 다락방은《알리바바와 40인의 도둑》의 알리바바처럼 지혜가 필요합니다.

미국의 작가 리베카 솔닛은《세상에 없는 나의 기억들》이라는 책에서 "알리바바가 동굴 문을 열 수 있었던 것은 옳은 단어, 즉 정확한 주문을 알았기 때문"이라고 말했습니다. 많은 사람들이 다 탐내는 동굴 안의 보석을 찾을 수 있었던 것은 동굴 문을 여는 '열려라 참깨!'라는 주문을 정확히 알았기 때문이라는 것이지요. 아무리 강한 무기가 있어도 동굴 문을 부수기는 힘듭니다. '열려라 참깨!' 대신에 콩, 팥 등 온갖 곡식을 외쳐도 안 됩니다. 결국 우리는 잊었지만, 우리가 쌓아 놓은 보석이 가득한 문을 여는 가장 확실한 주문은 "감사합니다"가 아닐까요.

"초등학교 운동회에서 아빠하고 달리기 대회에서 1등을 했을 때 '우리 아빠 최고!'라고 말하며 달려와 안기던 아들, 처음 해외로 가족 여행 갔을 때 '비행기 타게 해 줘서 고마워요. 내가 커서 아빠 비행기 많이 타게 해 드릴게요'라고 엄지손가락을 들어 보이던 아들…. 네게 존경받고 사랑받던 내가 어느 날 죄를 짓고 가족을 끌어안을 수도 없는 생활을 하고 있다.

그래도 여전히 이 못난 아빠를 믿어 주고 공부도 열심히 하고 있다는 네 편지를 받으면서 아빠는 다짐한다. 죗값을 치르고 이 수용소를 나가 정말 정직하고 성실하게 살면서 네게 진짜 존경받고 사랑받는 아버지가 되겠다고…. 아들아, 이 시간을 견뎌 내는 힘을 주는 네게 감사한다."

다락방은 다 낡아 빠진 물건과 먼지 쌓인 쓰레기가 나뒹구는 공간이 아닙니다. 오히려 간절히 열리기를 기다리는 기억의 금고입니다. 그곳에는 힘들 때 다시 꺼내 볼 수 있는 너무 소중한 기록과 사랑의 증서가 가득 들어 있습니다. 낡아서 뒤틀리고 삐걱거리는 그 금고를 여는 것은 특별한 능력이나 거창한 도구가 아닙니다. 우리가 언제나 느끼고 말할 수 있는 감사의 마음입니다.

수용소에서, 병동에서, 또는 인생의 막다른 골목에 혼자 외롭게 서 있다고 느끼는 사람이 많을 것입니다. 모든 문이 닫혀 있는 사방이 막힌 공간에서 비참함에 숨 쉬기조차 어려운 사람들도 있을 것입니다. 그러나 우리의 가슴과 기억을 찬찬히 뒤져 보면 알리바바의 동굴처럼 보석 같은 순간이 있었다는 것을 알게 될 것입니다.

열이 펄펄 끓던 밤, 젖은 수건으로 밤새 온몸을 닦아 주시던 어머니의 서늘한 손길, 초등학교 때 방학 숙제로 쓴 일기를 보시고 "정말 잘 썼다"며 칭찬해 주시던 선생님, 친구 집에 놀러 갔을 때 "오늘 고등어구이를 넉넉히 했으니 너도 같이 먹고 가렴" 하시며 나를 식탁 앞에 앉혀 주시던 친구 어머니, 그리고 졸업식 날 서로 다른 학교로 흩어지면서 "이제 같은 학교에 다니지 못해도 우리 영원히 우정을 나누자"며 편지를 건네주던 동창….

우리의 다락방이 텅 빈 것처럼 느껴지는 것은 보물이 없어서가 아니라 너무 오랫동안 문을 닫아 두었기 때문은 아닐까요. 메마른 땅도 물을 뿌리면 촉촉해지고 그곳에 아름다운 꽃이 피어납니다. 우리의 기억도 감사로 적시면 다시 살아날 것입니다. 그 다락방은 우리가 눈 감는 그날까지 사라지지 않습니다. 우리가 감사라는 열쇠를 잊지 않는 한 말입니다.

'감사는 내가 가진 것이 없다는 착각에서 벗어나게 해 주는 지혜로운 행동'이라고 합니다. 여러분도 마음속 다락방을 한번 열어 보시기 바랍니다. 그 안에는 우리가 생각했던 것보다 훨씬 더 많은 사랑과 응원과 기적 같은 순간들이 남아 있을 것입니다. 구석구석 감사로 가득한 다락방 속에서 우리가 얼마나 충만한 존재인지 다시 발견하기를 바랍니다.

감사하는 법을 배울 때,
우리는 인생에서
나쁜 일이 아니라,
좋은 일에 집중하는 법을
배우게 된다.

_에이미 밴더빌트

감사는 영혼의 얼룩을
씻어 내는 세탁기

〈감사나눔신문〉에서 과거 수용자였다가 현재 탄탄한 사업가로 변신한 류민석 사장의 수기를 읽었습니다. 그는 어린 시절부터 범죄의 길을 걸었던 자신의 과거를 숨김없이 고백했습니다. 그리고 지금은 철거 업체를 운영하는 사업가로 성공한 삶을 살고 있는 이야기를 전했습니다.

"저는 10대 때부터 동네 나쁜 형들과 어울리다 여러 가지 사건에 연루되어 소년원부터 교도소까지 오가는 삶을 살았습니다. 당시엔 제 잘못조차 인식하지 못했습니다. '누군가를 위협하고 빼앗고 피해 주는 게 뭐가 나쁜가? 내가 아니더라도 누군가 그런 행동을 할 거다. 난 후회 없다. 죄지으면 징역 가서 죗값만 치르면 된다'라고 생각했습니다."

그는 인생에서 가장 빛나야 할 10대와 20대를 교도소를 들락거리며 보내면서도 자신의 삶을 크게 후회하지 않았다고 합니다.

"피해자분들이 듣는다면 분통이 터질 일이지만 제 범죄를 진심으로 후회해 본 적이 없었습니다. 법원에 제출하는 반성문도 형량을 줄이기 위한 도구로 사용했습니다."

그런 그의 마음에는 '감사'가 들어갈 자리가 단 1퍼센트도 없었습니다. 감사가 없는 마음에는 불평과 원망이 자리를 잡습니다. 그는 늘 남 탓을 하고, 사람들을 괴롭히고, 가족과의 관계마저 완전히 끊어진 채 10년을 지냈다고 합니다.

## 굳어 있던 마음을 깨우는 작은 물줄기

그러던 어느 날, 10년 만에 누나와 형, 그리고 조카가 접견을 왔다고 합니다. 반가운 마음이 컸지만, 그는 퉁명스럽게 "10년 만에 무슨 볼일이 있어 찾아왔어?"라고 물었답니다.

누나는 "아버지가 폐암으로 돌아가셨는데 남겨 놓은 빚이 있어 그 빚을 상속받지 않으려면 가족 모두의 상속 포기 동의서가 필요해"라고 했습니다. 10년 만의 재회가 아버지의 빚 상속 때문이라니 허탈한 마음이 들던 그때, 같이 온 어린 소년이 눈에 들어왔다고 합니다.

"저 꼬맹이는 누구야?"라고 묻자 누나가 "네 조카다, 이 새끼야. 아홉 살이다"라고 했답니다.

그는 그 순간 자신을 보고 무서워 울음을 터뜨리는 조카를 보며 벼락을 맞은 듯 정신이 번쩍 들었다고 고백합니다.

"'저 꼬맹이가 자라는 동안 난 뭘 하고 산 거지?'
한 번도 과거 인생을 후회하거나 반성한 적이 없는데, 그 짧은 순간이 인생을 돌아보게 만든 첫 번째 계기가 되었습니다.
접견을 마친 후에 멍한 상태로 '난 왜 이렇게 산 거지?', '난 왜 아직도 감옥에 있는 거지?'라는 질문을 되풀이하며 괴로워했습니다. 그때 문득 예전에 읽었던 '감사가 사람을 변화시키고 관계를 변화시키고 종국에는 사회를 변화시킨다'는 한 문장이 떠올랐습니다. 홀린 듯 <감사나눔신문>을 펼쳐 100 감사 쓰기 면에 누나에게 감사한 것들을 적어 보기 시작했습니다."

그것이 그의 인생에서 처음으로 마음의 때를 씻어 내는 작은 물줄기가 되었습니다.

## 삶의 방향을 바꾸는 마음의 세계

"얼마 후 〈감사나눔신문〉의 안남웅 본부장님께서 제가 있는 교도소에 감사 나눔 교화 강연을 하러 오신다는 소식을 들었습니다. 직접 말씀하시는 것을 듣고 황량하던 제 마음 밭에 조금씩 감사의 싹이 자라났습니다. 누구도 제가 교화될 거라고 믿지 않았지만 저는 100 감사 쓰기를 통해 조금씩 변화되기 시작했습니다."

마음의 변화는 곧 행동의 변화로 이어졌고, 그는 교도소에서 더럽고 힘들어 남들이 꺼리는 모든 궂은 일들을 처리하는 데 앞장섰습니다.

사람들은 하루아침에 달라진 그를 보며 이유를 물었습니다. 100 감사 쓰기가 변화의 시작이었다는 것을 알고 다른 수용자들도 감사 쓰기를 시작했다고 합니다.

그는 이렇게 다짐합니다.

"그동안 제 삶은 사회에 아무짝에도 쓸모없는 암 덩어리 같은 것이었지만, 이제는 사회에 보탬이 되는 구성원이 되도록 죽을힘을 다해 노력하겠습니다. 피해자분들께도 평생 속죄하며 살아가겠습니다.”

　출소 후 막노동도 마다하지 않겠다고 결심했던 그는 철거 업체를 운영하는 사업가로 자리 잡았습니다. 과거의 잘못을 반성하며 조금이나마 세상에 도움이 되려고 지금은 젊은 사업가 모임을 운영하며, 그들과 힘을 합쳐 보육원 아이들에게 필요한 물품이나 금전적 지원을 하고 있답니다. 한때 막장 드라마의 주인공이 이제 성공 다큐멘터리의 근사한 주인공이 되었습니다. 그의 인생을 바꾼 것은 거창한 기회가 아니라 감사라는 작은 세제 한 스푼이었는지도 모릅니다.

　예전에 물질적인 풍요를 누리다 수렁에 빠진 한 수용자의 이야기도 놀랍습니다.

“이곳에 들어오기 전에는 주변에서 ‘참 잘 살아왔군요’라는 말을 들을 만큼 많은 것을 이루었습니다. 속내는 상처투성이에 위선으로 가득 차 있음을 모른 채 말입니다. 그리고 죗값을 치르는 동안에도 뉘우침을 입에 담으면서도 남을 배려하지 못했고, 정직해지겠다 하면서도 거짓말을 입에 달고 살았습니다.

올봄에 감사 쓰기를 통해 내 마음을 깨닫지 못했다면 저는 아직도 위선의 가면을 쓴 채 살아가고 있었을 겁니다. 감사는 저를 너무 많이 변하게 해 주었습니다. 이해할 수 없던 사람을 이해하게 되었고, 함께할 수 없던 사람과 함께할 수 있게 되었으며, 사랑할 수 없던 사람뿐만 아니라 저 자신까지도 사랑할 수 있게 되었습니다."

그는 오점과 오염투성이였던 자신의 몸과 영혼이 깨끗하게 세탁되도록 감사 쓰기를 꾸준히 실천해 나갈 것이라고 덧붙였습니다.


## 영혼의 때를 씻어 내려면

때로는 내 영혼이 수세미로 박박 문질러도, 방망이로 두들겨 세탁해도 좀처럼 깨끗해지지 않을 것 같다는 느낌이 들 때가 있습니다. 타인을 향한 원망과 분노, 억울한 상황에 대한 울분, 그리고 자신의 무능함이 오랜 때처럼 영혼 깊숙이 달라붙어 있기 때문입니다.

그런데 바로 그 영혼의 때를 감사로 씻어 내고, 잃었던 명성을 되찾은 여성이 있습니다. '살림의 여왕'이라는 별칭으로 미국을 넘어 전 세계에 이름을 알린 마사 스튜어트가 그 주인공입니다. 요리, 인테리어, 정원 가꾸기 등 일상의 영역을 세련된 비즈니스로 끌어올린 그는 〈타임〉지가 선정한 세계 영향력 있는 인물 100인에 이름을 올릴 만큼 부와 명성을 한껏 누렸습니다.

　그러나 2004년, 내부자 거래 의혹과 관련해 재판을 받으며 한순간에 세기의 스캔들 중심에 서게 됩니다. 끝까지 결백을 주장했지만, 허위 진술과 사법 방해 혐의가 인정되면서 결국 수감 생활을 피하지 못했습니다. 화려한 의상 대신 수의를 입고, 우아한 도자기 식기 대신 배식판의 초라한 음식을 받아들며 그의 가슴은 처음에 분노와 억울함으로 가득 찼다고 합니다.

　하지만 그는 마음을 고쳐먹었습니다. 한 인터뷰에서 그는 "이왕 이렇게 된 것, 이 생활 속에서도 좋은 점을 찾아보자고 결심했다"고 밝혔습니다. 분노의 채널을 감사의 채널로 바꾼 것입니다.

　가장 좋아하는 명절인 추수감사절이 돌아오자 그는 팬들에게 "여러분의 호의와 지지는 그 무엇과도 바꿀 수 없는 소중한 선물이며, 이에 영원히 감사드립니다"라고 편지를 보냈습니다.

성탄절에는 단돈 50달러로 감방을 꾸미고, 팬들에게 받은 카드를 동료 수용자들에게 직접 읽어 주며 함께 크리스마스 분위기를 나눴습니다. 이런 모습이 언론을 통해 알려지면서 여론은 서서히 달라졌습니다. '탐욕의 여왕'으로 전락했던 그가 '배려의 여왕'으로 다시 태어난 것입니다.

수감 생활을 마치며 마사 스튜어트는 그곳에서 만난 여성들 덕분에 자신이 알지 못했던 다른 삶을 이해하게 되었다며 감사의 마음을 전했습니다.

1941년생인 그는 출소 후 80대의 나이에 수영복 차림으로 패션잡지 표지를 장식하며 눈부신 노년을 누리고 있습니다. 분노를 감사로, 오만을 겸손으로 바꾸는 내면의 세탁이 영혼을 다시 빛나게 했기 때문입니다.

## 얼룩을 걷어 내고 마주해야 할 진실

인디애나대학교의 조슈아 브라운 교수와 조엘 윙 교수는 대학 심리 상담 센터를 찾은 약 300명의 내담자를 대상으로 흥미로운 연구를 진행했습니다. 이들은 모두 우울이나 불안으로 힘겨운 시간을 보내고 있었습니다. 연구진은 이들을 세 팀으로 나누어 각기 다른 방식으로 심리 상담을 받게 했습니다. 첫 번째 팀은 3주 동안 매주 다른 사람에게 감사 편지를 썼고, 두 번째 팀은 부정적인 경험을 깊이 들여다보며 그 감정을 글로 표현했습니다. 세 번째 팀에게는 별도의 글쓰기 과제를 주지 않았습니다.

12주가 지난 후, 감사 편지를 쓴 팀의 정신 건강 상태는 다른 두 팀에 비해 눈에 띄게 양호해졌다고 합니다. 삶의 만족도가 높아졌고, 우울과 불안 증상이 줄었으며, 대인관계나 일상적인 어려움에 대처하는 능력도 향상된 것으로 나타났습니다.

연구진은 감사가 마음을 갉아먹는 독성 감정에서 벗어나는 데 도움을 줄 수 있다고 설명합니다. 참가자들이 글을 쓸 때 사용한 긍정 정서 단어와 부정 정서 단어, 그리고 '우리'라는 표현의 비중을 비교해 보니 감사 편지를 쓴 팀이 부정적인 단어를 훨씬 적게 사용한 것으로 나타났습니다. 감사 편지를 쓰는 동안에는 원망, 질투, 억울함, 분노 같은 감정에 집중하는 대신 감사할 대상이 있다는 사실과 그 순간 자체에 집중하게 되기 때문입니다.

감사 편지를 쓰고 스스로도 놀랄 만큼 달라졌다는 한 수용자의 이야기를 들어 보겠습니다.

"수감이 된 후 저는 현실을 부정하고 분노했으며, 스스로를 피해자로 여기며 자기연민에 깊이 빠져들었습니다. 제 사기 범죄로 상처받고 삶이 흔들린 분들이 계신데도, 마음 한편에서는 변명과 자기합리화가 끊이지 않았습니다.

그런 제가 감사 편지를 쓰기 시작하면서 분노가 향하던 방향이 조금씩 바뀌는 것을 경험했습니다. 분노가 사라진 것이 아니라, 감사의 물길이 분노의 얼룩을 덮어버린 것입니다. 그 작은 전환이 하루를 버티게 해 주었고, 감사 편지를 쓰는 날부터 하루하루가 조금씩 달라지기 시작했습니다.

이 글은 제 죄의 무게를 가볍게 하기 위해 쓰는 것이 아닙니다. 감사 쓰기의 기적을 직접 체험한 사람으로서, 자기연민에서 벗어나 피해자분들께 진심으로 잘못을 빌고 제 죄를 인정하며, 다시는 같은 잘못을 반복하지 않겠다고 나 자신에게 다짐하는 것입니다.

피해자분들을 바라보는 제 시선과 마음이 달라졌습니다. '억울하다, 나도 힘들다'는 자기연민이 앞설 때, 그분들의 고통은 머릿속의 추상적인 개념에 불과했습니다. 하지만 매일 감사를 써 내려가면서, 그분들이 과거에 저를 믿고 지지해 주셨던 구체적인 장면들이 떠올랐습니다. 그 믿음에 감사하고, 함께했던 순간들에 감사하고, 이곳에서 얻은 깨달음에 감사하는 마음으로 조금씩 나아갔습니다.

그분들이 살아온 삶, 그 돈이 얼마나 소중했는지, 그리고 그 상실감이 얼마나 깊었을지 진심으로 헤아리게 되었습니다. 거짓 없이 제 잘못을 받아들이고 뉘우치며, 누군가에게 상처를 주었다는 사실을 똑바로 직면한 그 순간, 제 자신이 처음으로 사람답게 느껴졌습니다.”

또 다른 수용자들은 이렇게 고백합니다.

“감사 편지에 억지로라도 감사한 것을 찾아 쓰다 보니, 거짓말처럼 부정적이고 원망스러웠던 생각들이 하나둘 사라지고, 미안함과 감사함으로 서서히 바뀌기 시작했습니다.”

“솔직히 범행 당시의 기억이 정확히 나지 않습니다. 이곳에서 음주의 위험성과 제 안에 있는 폭력성을 비로소 자각하게 되었고, 제 자신에 대해 얼마나 무지했는지 깨달았습니다. 이 성찰의 시간이 더 성숙한 인격을 쌓는 계기가 되기를 바랍니다."

"사죄할 대상이 있다는 것만으로도 감사합니다. 용서받지 못하는 것만큼 두렵고 힘든 일이 없기에, 용서를 구할 기회가 주어졌다는 사실에 깊은 안도감을 느낍니다. 피해자분에 대한 죄책감이 최소한의 양심이 되어 제 삶의 나침반이 되어 주고 있습니다. 그동안 죄책감도 없이 살아온 제게 깨달음의 기회를 주어 감사합니다. 진정한 후회가 무엇인지를 알게 해 주어 감사합니다. 무엇보다 더 늦기 전에 이 자리에 서게 해 주어 감사합니다."

"저는 솔직히 타인의 아픔과 불행을 크게 공감하지 못한 채, 늘 방관하며 살았습니다. 감사 편지를 쓰면서 감사의 본질을 깨닫고, 타인을 배려하며 살아갈 기회를 얻었습니다. 그러면서 피해자에게 용서를 구하기 전에 먼저 그 자격을 갖추어야 한다는 것도 알게 되었습니다. 죗값을 치르며 그 자격을 쌓아 나가겠습니다. 몸과 마음의 나태함과 독소를 걷어 내고, 세탁을 마친 옷처럼 깨끗하고 새로운 존재로 거듭나겠습니다.”

우리는 누구든 도움을 준 이에게 기꺼이 감사를 전하는 순간, 왠지 마음이 조금 더 순수해지고 착해진 것 같은 느낌을 받습니다.

저는 운전면허가 없어 택시를 자주 이용합니다. 요금을 낸 것은 저지만, 안전하게 목적지까지 데려다주신 기사님께 내리면서 꼭 “감사합니다” 하고 인사를 드립니다. 처음 찾아간 건물에서 화장실 위치를 알려 주신 경비원 아저씨께도, 앞서 들어가면서 문이 닫히지 않도록 잡아 준 청년에게도 진심을 담아 감사를 건넵니다.

“감사합니다”라는 말이 자연스럽게 입에서 나오는 그 순간, 제 몸에 붙어 있던 무례함과 무심함의 때가 조금씩 떨어져 나가는 것을 느낍니다. 어쩌면 착각일지도 모릅니다. 하지만 그 착각조차 감사합니다.

고난 속에서 피어난
감사의 꽃

1920년생인 김형석 교수님은 인터뷰나 글을 통해 항상 '사랑이 있는 고생이 가장 행복하다'라고 강조하십니다.

"우리는 보통 고생이 사라진 상태를 행복이라 부릅니다. 편안함, 자유, 부담 없음…. 그러나 사랑이 있다면 고생은 고통이 아니라 '의미'가 되고, 짐이 아니라 '관계'가 되고, 피하고 싶은 불행이 아니라 스스로 선택한 '행복'한 삶이 됩니다. 사랑 없는 편안함은 공허하지만 사랑 있는 고통은 아프지만 충만합니다."

이 말씀을 들을 때마다, 고생이 문제라기보다 그 시간을 어떤 마음으로 채워 가느냐가 더 중요하다는 생각을 하게 됩니다.

60여 년을 살다 보니 알게 되었습니다. 감사 역시 풍요롭고 행복한 순간보다 결핍과 고통의 순간에 더 절실하게 느껴진다는 것을요. 오히려 모든 것이 잘될 때보다 무너지는 순간에 더 또렷하게 보이는 것이 바로 감사라는 감정임을 깨닫게 됩니다.

수술 후 무엇을 먹기만 해도 토하기 일쑤였습니다. 그러다 환자식으로 나온 멀건 흰쌀죽을 겨우 목에 넘겼을 때,

그 흰죽은 미슐랭 3스타 레스토랑의 수프처럼 느껴졌습니다. 지출할 돈은 태산인데 통장 잔고를 들여다보기조차 고통스럽던 차에 월급이 입금됐다는 문자를 받자, 늘 적다고 투덜대던 월급에 마치 숫자 0이 하나 더 붙은 것처럼 느껴져, 그 순간만큼은 감사의 마음과 애사심이 솟구치기도 했습니다. 물론 그 애사심이 오래가지는 않았지만….

## 당연한 숨 쉬기가 기도가 되는 순간

수용자들의 편지를 읽으면서 변화는 쉽지 않은 시간을 버텨 낸 뒤에야 찾아온다는 것을 다시 한번 깨닫게 됩니다. 좌절과 후회를 지나 다시 삶을 붙잡는 시간 속에서 감사가 서서히 싹트기 시작합니다. 감사는 아무런 어려움 없이 피어나는 감정이 아니라, 고난 끝에 비로소 꽃을 피웁니다.

"수용소에 들어와서도 너무나 힘든 재판과 피해자분께 죄송한 마음으로 정말 죽고 싶었습니다. 예고 없이 수시로 찾아오는 공황장애로 항정신성 약과 수면제에 의지하며, 그저 하루하루가 빨리 지나가기만을 바라는 무

의미한 일상만 반복했습니다. 게다가 저는 혈액암 항암 치료를 받는 중이라 직업 훈련이나 작업도 할 수 없었기에, 감옥 안의 또 다른 감옥에서 사는 기분이었습니다.

그러던 어느 날, 말로만 피해자분께 사죄드린다고 할 것이 아니라 변화된 모습을 실제로 보여 드려야 한다는 생각이 들었습니다. 〈감사나눔신문〉을 읽으며 '나도 달라질 수 있을까' 하는 호기심과 기대를 품고 감사 쓰기를 시작했습니다.

처음 한 달은 감사할 것을 떠올리는 일이 익숙하지 않아 머리에 쥐가 나는 것처럼 힘들었습니다. 그만큼 저는 감사와 거리가 먼 삶을 살아왔던 것 같습니다. 그러다 어느 순간부터 자연스럽게 매일 잠자리에 들기 전 감사 쓰기로 하루를 정리하게 되었고, 소소하고 반복적인 일상 속에서도 모든 것에 감사할 수 있는 마음을 갖게 되었습니다.

예전 같으면 누군가의 사소한 시비에도 말다툼을 시작하고 싸움을 마다하지 않았으며, 저에 대한 구설을 들으면 반드시 출처를 찾아 응징해야 한다는 마음이 강했습니다. 지금은 화가 나면 먼저 그 상대에게 감사했던 일을 써 보기 시작하니, 오히려 제 부족함이 보이고 불만이 줄

어들며 싸움도 사라지는 마법 같은 일이 벌어졌습니다.
매일 5 감사와 100 감사를 쓰면서, 세상으로부터 비난을 받아도 저를 버리지 않고 사랑으로 안아 주는 가족들과 주변 사람들의 마음을 깊이 깨달으며 삶의 의지를 다지고 있습니다.
내가 여기서 무너지면 피해자분께 진심으로 용서를 구하려는 나의 마음, 지금 내 몫을 나눠 사죄하며 살고 있는 가족들의 노력과 사랑, 그 모든 감사한 것들이 아무것도 아닌 것이 되어 버립니다. 그러니 정말 열심히 살아야겠다고 다짐합니다.
요즘은 '슬기로운 깜빵 생활을 위한 플랜'을 만들어 성실히 생활하는 새로운 나를 만나고 있습니다. 매일 자기 전에 감사 일기를 쓰며 하루를 차분히 마무리하니 공황장애 빈도가 현저히 줄었고, 밥보다 자주 먹던 항정신성 약도 끊었습니다."

개그맨 이성미 씨는 저와 가끔 밥을 먹으며 기쁨을 나누는 말벗이자 밥벗입니다. 어느 날 저녁을 함께 먹다가 그에게 물었습니다. 살면서 가장 감사했던 순간이 언제였냐고.
많은 이들은 명문 대학에 합격했을 때, 임원으로 승진했을 때, 상을 받았을 때, 아이가 태어난 순간처럼 감격과 감동이 어우러진 시간을 떠올리곤 합니다. 그런데 이성미 씨의 대답은 달랐습니다.

"내가 여기저기 아픈 데가 많잖아. 그런데 얼마 전 면역 문제로 폐가 좋지 않아 몸에서 이상한 소리가 나고 숨도 제대로 쉬어지지 않을 때가 있었어. 너무 불안했는데, 어느 순간 숨이 제대로 쉬어지고 그 소리가 전혀 나지 않는 거야. 너무 감사하고 '아멘'이라는 말이 절로 나왔어. 숨만 제대로 쉬어진 것뿐인데도…."

건강을 잠시라도 잃어 본 사람들은 압니다. 지독한 통증에서 벗어났을 때, 어딘가 고장 났던 신체 기관이 다시 정상적으로 작동할 때, 내 장기 하나 세포 하나까지 얼마나 감사한지를.

## 고통 속에서 핀 꽃의 향기가 세상에 퍼져 나갈 때

수용자들이 보낸 편지들은 고통 속에서 피어난 감사의 꽃의 향기가 얼마나 아름답게 사방으로 퍼져 나가는지를 생생하게 보여 줍니다.

"2024년 8월 말, 폭염으로 세상이 녹아 버릴 것 같던 그때 저는 신장 기능을 잃었습니다. 그렇게 제 삶은 기계에 의존한 채 투석으로 하루하루를 연명하게 되었습니다. 감당하기 힘든 죄책감으로 피폐해진 마음이 건강마저 해친 것 같았습니다. 아무래도 큰 죄를 짓고 들어왔으니 하늘이 벌을 내린 건 아닐까 자책하며 제 과오를 반성했습니다.

이런 상황 속에서 가족들의 걱정은 점점 깊어졌습니다. 사랑하는 두 딸아이는 작은 화면을 통해 저를 볼 때마다 "아빠, 언제 와?" 하고 큰 소리로 물었습니다. 가족과 떨어져 혼자가 된 슬픔, 완전히 잃어버린 건강에서 비롯된 아픔, 그 아픔이 주는 고통과 더불어 죄책감으로 얼룩진 절망. 이 모든 것이 한꺼번에 몰려왔습니다. 서로 다른 시간대에 찾아올 법도 한데 한꺼번에 쏟아져 저를 더욱 힘들게 했습니다."

하나의 문제가 끝나기 무섭게 또 다른 문제가 이어지는 지독한 나날 속에서, 그의 어머니가 보내온 한 통의 편지는 그의 삶에 경종을 울렸습니다. 어쩌면 그 편지는 그의 삶에 찾아온 조용한 행운이었는지도 모릅니다.

"'아들, 즐거움만 자랑하는 것은 행복이 아니라 불행일 거야. 항상 즐거움을 느끼고 살아온 사람이 새로운 즐거움이 다가왔을 때 그 즐거움을 느끼기란 어려운 법이니까. 하지만 고통과 괴로움 속에서 살아가고 있는 사람은 우연히 마주하게 된 작은 기쁨 하나에도 그 기쁨을 절실히 느낄 수 있단다. 그러니 작은 것 하나에도 감사하는 마음을 가져 보아라.'

아들을 사랑하는 마음으로 써 내려간 어머니의 편지가 아무것도 들리지 않고 절망 속에 잠겨 있던 제게 경종을 울렸습니다. 그리고 그 경종은 슬픔, 아픔, 절망으로 가득 찬 제게 한 줄기 희망으로 다가왔습니다.

어머니의 편지를 두 번, 세 번 거듭 읽고 나서 눈에 들어온 것은, 신발장 위에 놓여 있던 〈감사나눔신문〉과 그동안 곁에서 꾸준히 감사 쓰기를 해 온 동료들이었습니다."

그렇게 감사 쓰기를 알게 된 후, 그는 한 번도 펼쳐 보지 않았던 새 노트에 오늘 감사했던 일들을 써 내려가기 시작했습니다.

"매일 5 감사를 쓰고, 아내에게 감사한 100가지를 하나씩 채워 나갔습니다. 과거에 감사했던 일들도 오늘의 눈으로 다시 바라보며 지난날들을 새롭게 돌아볼 수 있었습니다. 이렇게 과거에서 현재, 그리고 미래에 찾아올 소소한 기쁨까지 감사의 시각으로 바라보면서 제 자신이 조금씩 변화되고 있음을 느꼈습니다.

아내와 아이들, 부모님을 비롯한 가족들은 나를 기다리고 있는 소중한 존재들로 더욱 간절하게 다가왔습니다. 그들은 내 삶이 무너져 나락으로 떨어졌을 때도 내 곁에 남아 있어 준 유일한 사람들입니다.

피해자분들께 감사한 점들을 써 내려가면서 내 안에 깊이 뿌리내리고 있던 허영심과 욕망을 떨쳐 내고 조금씩 겸손해질 수 있었습니다.

나쁜 짓을 저지르고도 건강을 걱정하며 산다는 사실이 부끄러워 눈물이 났습니다. 그러면서도 투석으로나마 살아 있다는 사실에 감사하고, 투병의 아픔에서 조금씩 벗어나고 있다는 것에 감사했습니다.

이제는 접견으로 가족을 만날 때면 현실을 한탄하지 않고 희망을 품은 채 웃고 있는 제 모습을 자주 봅니다. 감사를 시작으로 만들어진 긍정적인 사고가 제 얼굴 표정마저 바꾸어 놓은 것 같습니다.

아픔, 슬픔, 절망이 한꺼번에 저를 덮쳤지만, 제 주변에 남아 있는 평범하지만 소중한 것들에 감사함으로써 그 고통에서 벗어날 수 있었습니다. 이 소소한 감사들이 소소한 기쁨이 되어 가고, 그 기쁨들 사이에 또 다른 기쁨들을 끼워 넣다 보면, 언젠가는 내 삶에서 슬픔과 절망이 설 자리가 없어지지 않을까 생각합니다.

감사 쓰기의 경험이 기적처럼 제 인생을 바꾸어 놓았습니다. 그래서 희망을 잃고 보낸 지난 허송세월이 너무나 아깝고 후회됩니다. 아까운 시간을 그냥 흘려보내고 있는 동료들에게, 처음엔 어색해 쉽게 받아들이지 않더라도 작은 것부터 감사하는 마음을 가질 수 있도록 곁에서 돕겠습니다. 꼭 실천하겠습니다.

삶의 무게가 무거워 인생길을 끝까지 걸어가는 것이 쉽지 않겠지만, 기적이 일어날 것이라는 믿음을 품고 긍정적인 생각과 감사한 마음으로 묵묵히 한 걸음 한 걸음 나아가겠습니다.”

## 나의 가장 추웠던 계절이 가장 따뜻했던 이유

40대 중반의 유방암 환자를 만나 인터뷰할 기회가 있었습니다. 양쪽 유방을 모두 절제했다는 그분의 표정이 너무도 밝고 유쾌해 보여, 그 비결(?)을 물어보았습니다.

"처음 유방암이라는 진단을 받았을 때는 세상이 무너지는 것 같고 이제 죽는 일만 남았나 싶었어요. 여성의 상징인 가슴을 절제해야 한다는 의사 선생님 말씀에 울음조차 나오지 않았죠. 게다가 항암과 방사선 치료를 받으면서 풍성하던 머리카락마저 다 빠지니, 외출은커녕 거울조차 보기 싫어졌어요. 그러다 저와 같은 처지의 유방암 환우들을 만났어요. 한 분이 제게 '잃어버린 가슴과 머리카락보다 아직 갖고 있는 것들에 감사하라'고 말씀해 주시더군요. 아직 걸어 다닐 수 있는 두 다리, 세상을 볼 수 있는 눈과 생각할 수 있는 머리, 무엇보다 나를 사랑하고 걱정해 주는 가족들이 있다고요."

그 후 그분은 모범생처럼 의사 선생님의 지시에 따라 치료를 이어 가면서, 빠진 머리를 감춰 줄 다양한 가발과 모자를 고르는 일에서 기쁨을 찾고, 합창단에 가입해 노래를 부르며 새로운 세상을 열어 나갔다고 합니다.

"세상에, 제가 영화배우도 아닌데 이렇게 근사한 가발들을 마음껏 써 볼 기회가 또 어디 있겠어요? 친구들도 가발이나 모자가 잘 어울리는 얼굴이라며 칭찬해 줘서 제 새로운 장점도 발견한 것 같아요. 제게 찾아온 유방암이라는 손님에게 화를 내기는커녕 감사했더니, 이제 절 떠나가는 것 같아요."

그는 환하게 웃으며 말했습니다.

그 말을 듣는 순간 저는 다시 한번 느꼈습니다. 같은 상황에서도 무엇을 바라보느냐에 따라 인생의 색깔이 전혀 달라진다는 사실을.

저도 그러했습니다. 아주 드물지만, 영광의 순간이 아니라 처절한 암흑기에 천둥, 번개, 우박이 한꺼번에 쏟아지는 듯한 고난 속에서 비로소 심장 깊은 곳에서 우러나오는 감사를 체험했습니다. 돌이켜보면 가장 힘들었던 시간이 가장 깊은 감사를 가르쳐 준 때였습니다.

제 인생에서 가장 고통스럽고 심란했던 시기는 어쩌면 여성으로서 가장 아름다울 수 있는 30대 중반에서 40대 중반, 친정엄마가 치매를 앓으셨던 10년 동안이었습니다.

엄마의 치매는 성정이 온순한 이른바 '착한 치매'였지만, 지우개로 지우듯 기억과 총명함과 우아함이 하나씩 사라져 가고 결국 대소변조차 가리지 못하게 되었습니다. 그 과정을 곁에서 지켜보는 것은 일종의 고문이었습니다.

그 무렵 저는 신문 기자로 밤낮도, 주말도 없이 일했습니다. 남편은 사업에 실패한 후 행상처럼 이곳저곳을 떠돌고 있었고, 딸아이는 초등학교에서 중학교로 넘어가는 시기라 제 손길이 절실히 필요할 때였습니다.

매일 물에 젖은 솜처럼, 혹은 무거운 짐을 진 나귀처럼 지친 몸으로 집에 돌아와 엄마의 기저귀를 갈아 드리고 샤워를 시켜 드릴 때면 "아이고 내 팔자야" 하는 신음이 절로 나왔습니다. 바쁘다는 핑계로 엄마를 찾아오지 않는 오빠들, 단 하루도 간병을 맡아 주지 않는 올케들에 대한 분노도 스멀스멀 피어올랐습니다.

하지만 정신은 흐려지셨어도 여전히 다정한 미소를 보내 주시는 엄마, 그 품에 안길 때마다 느껴지는 따스한 체온과 심장 박동 속에서 저는 진정한 감사를 느꼈습니다. 어버이날 카네이션을 한 해 더 엄마 가슴에 달아 드릴 수 있다는 것만으로도 벅차게 고마웠습니다.

6남매의 막내인 저는 큰오빠와 열다섯 살 차이가 납니다. 제가 아무리 오래 산다 해도 오빠보다 15년은 엄마와 함께하는 시간이 적을 수밖에 없었습니다. 게다가 엄마께서 골고루 사랑을 나눠 주신다 해도 6분의 1의 사랑만 받는 셈이지요. 그런데 막내딸인 제가 그 힘든 시간만큼은 엄마를 온전히 독차지할 수 있었습니다.

어느 날 밤은 엄마가 집을 나가 하룻밤 동안 행방을 알 수 없었던 적도 있었고, 복통과 설사로 한밤중에 응급실로 달려간 날도 있었습니다. 머리가 하얘지는 고통의 시간들이었지만, 바로 그 시기에 저는 진정한 감사를 체험했습니다. 뜬눈으로 밤을 지새운 다음 날 아침, 엄마를 찾았다는 전화를 받고 경찰서로 달려가 엄마를 만났을 때 제 입에서 방언처럼 터져 나온 말은 "감사합니다, 감사합니다"였습니다.

퇴근해 집에 돌아오면 엄마는 거실 의자에 앉아 계시거나 잠자리에 누우신 채로 어눌한 발음으로 "왔나?" 하며 반겨 주셨습니다. 그리고 수시로 제게 "고맙습니다", "좋은 사람입니다"라고 말씀해 주셨습니다. 그 말에 특별한 의미가 담겨 있지 않았을지도 모릅니다. 엄마에게 고맙고 좋은 사람으로 인정받는다는 것, 모래시계처럼 삶의 시간이 줄어드는 가운데서도 여전히 곁에 계셔 주신다는 것이 그저 너무너무 감사했습니다.

엄마는 이미 세상을 떠나셨지만, 저는 천국에서 제 수호천사가 되어 계신다고 믿습니다. 너무나 감사한 마음에 아침마다 하늘을 향해 안부를 전합니다. 그리고 가끔 이렇게 말합니다.

"엄마, 제 인생에서 가장 힘들었던 시간이 사실은 가장 감사했던 시간이었어요."

감사는 편안한 날에만 피는 꽃이 아니라, 고난이라는 거친 땅에서 더욱 단단해진 뒤, 비로소 피어나 그 향기를 멀리 전하는 꽃입니다.

시련을 지나온
시간이 남긴 의미는
쉽게 사라지지 않습니다.
인생은 그렇게
아픔 속에서 우리를
조금 더 단단하게 만듭니다.

# 나를 지켜 주는
# 생존 무기, 감사

"어머니, 접견을 와 주셔서 너무 감사합니다. 그 10여 분이 저를 10시간은 더 버틸 수 있게 해 줍니다. 언젠가 이 교정 시설을 나가게 된다면 꼭 효도하겠습니다.
제가 집에 돌아가면 단둘이 여행을 가자고 약속해 주셔서 감사합니다. 그 약속을 지키기 위해 매일 만 보 걷기를 하며 건강을 챙겨 주셔서 감사합니다. 저도 어머니와 건강한 모습으로 다시 만날 날을 기다리며, 이곳에서 더 깊은 감사의 의미를 찾겠습니다."

"항암 치료로 피폐해진 몸으로 먼 거리를 지하철과 버스를 갈아타며 아들을 만나러 오시는 어머니. 마스크 쓴 얼굴을 고작 10여 분 마주하는 것이 전부인데도 한 번도 마다하지 않으시는 어머니의 사랑. 세상의 말 중에 '감사하다'보다 더 높은 수준의 고마움을 담은 단어가 있다면, 저는 그 말을 어머니께 온 힘을 다해 외쳐 드리고 싶습니다. 어머니, 제발 제가 이 담장 밖에서 마음껏 안아 드릴 수 있을 때까지 꼭 버텨 주세요.
우리는 병에 걸리면 무조건 불행하다고 생각합니다.

하지만 누군가는 더 심각한 상황에 빠지지 않은 것만으로도 감사하며 살아갑니다. 어머니, 병명이 암이라서 오히려 감사합니다. 만약 치매에 걸리셨다면 저를 알아보실 수도 없고, 면회를 오실 수도 없었을 테니까요. 그래서 저는 지금 그저 모든 것에 감사하고 싶습니다.”

수용자들에게 감사는 단순히 예의나 매너를 보여 주기 위한 형식적인 태도가 아닙니다. 그것은 열악한 담장 안에서 자신의 지난 삶과 잘못을 돌아보게 하고, 다시 살아 갈 희망을 놓지 않게 하는 생존의 무기입니다. 감사는 과거를 바꾸지는 못하지만, 다른 내일을 선택할 용기를 갖게 합니다. 동시에 더 나은 사람으로 거듭나기 위해 스스로를 다잡는 삶의 기술이자, 포기하지 않기 위해 매일 반복해야 하는 마음의 훈련이기도 합니다.

## 무너진 일상을 다시 세우는 매일의 조각들

어느 수용자는 추가 사건의 형량이 예상보다 많이 나와 깊은 상심과 방황의 시간을 보냈다고 합니다. 그러다 1월

1일, 새해를 맞으며 작은 목표를 하나 세웠습니다. 매일 다섯 가지 감사할 일을 찾는 5 감사 쓰기에 몰입하는 것입니다.

"처음에는 내가 처한 상황 자체가 시궁창 같은데 도대체 무엇에 감사해야 할지 몰랐습니다. 그래서 그냥 눈에 보이는 모든 것에 억지로라도 의미를 부여하며 감사하기를 시작했습니다. 하지만 5 감사 쓰기를 계속하면서 매일 조금씩 긍정적으로 변해 가는 나의 행동과 마음을 보며 스스로도 놀라게 되었고, 감사 쓰기의 효과를 몸소 체험하게 되었습니다.

물론 기분이 좋지 않은 날도 있었고, 귀찮게 느껴지는 날도 있었습니다. 하지만 그래도 감사 쓰기만큼은 꼭 지키자고 스스로 약속했고, 그 약속을 하루하루 지켜 나갔습니다.

그렇게 1년의 시간이 흘렀습니다. 감사하는 마음을 꾹꾹 눌러 담아 편지를 쓴 덕분인지 아내는 물론 부모님과의 관계도 많이 회복되었고, 자존감도 높아졌습니다. 이제는 불확실한 출소 이후의 미래도 예전처럼 두려워하지 않고 용기 있게 맞이할 수 있을 것 같습니다.

이제 감사 쓰기는 내가 가장 잘할 수 있는 특기가 되었고, 언제 어디서든 할 수 있는 나만의 가장 좋은 취미가 되었습니다.

감사 쓰기는 내 인생에 터닝 포인트가 되었습니다. 앞으로도 감사하는 마음을 무기 삼아 힘차게 살아 보겠습니다."

## 극한 속에서도 자신을 지켜 낸 태도

러시아 작가 알렉산드르 솔제니친의 《수용소군도》, 신영복 교수의 《감옥으로부터의 사색》처럼 수용소 체험을 다룬 작품들은 적지 않습니다. 하지만 전 세계적으로 가장 깊은 영향을 미친 책을 꼽는다면, 아마도 빅터 프랭클 박사의 《죽음의 수용소에서》가 아닐까요.

백만 명이 넘는 유대인들이 나치에 의해 학살된 죽음의 수용소 아우슈비츠. 그 지옥에서 살아남은 유대인 정신과 의사 빅터 프랭클은 그 처절한 경험 속에서 얻은 인간에 대한 통찰을 한 권의 책으로 남겼습니다.

프랭클 박사는 신경학과 정신의학 두 분야를 전공한 교수이자 정신과 의사였습니다. 그는 집필 중이던 원고를 옷

속에 숨긴 채 수용소로 끌려갔지만, 입소 과정에서 발각되어 모두 압수당하고 말았습니다. 이후 벼룩과 이에 시달리는 열악한 환경 속에서 굶주림과 추위에 맞서야 했고, 동상으로 부어오른 발에 제대로 된 신발조차 신지 못한 채 혹독한 강제 노동을 견뎌야 했습니다.

많은 수용자들은 죽음의 공포와 괴로운 현실을 잊기 위해 과거의 행복했던 시절만 떠올리다가, 그 기억이 현재의 비참함과 선명하게 대비되면서 더 깊은 절망에 빠져들었습니다. 그리고 결국 병을 얻거나 가스실로 끌려가는 경우도 많았습니다.

하지만 프랭클 박사는 달랐습니다. 동상 걸린 발의 극심한 통증 속에서도 지금 이 순간 살아 있다는 사실에 감사하며 미래를 상상했습니다. 언젠가 이곳 강제 수용소에서 겪은 인간의 심리와 경험을 대학 강단이나 병원에서 강의하는 자신의 미래를 그리며 고통을 견뎌 냈다고 합니다.

당시 아우슈비츠행 열차에 실려 온 유대인들 중 약 90퍼센트는 학력이나 재산과 관계없이 도착하는 즉시 가스실로 보내졌습니다. 그나마 노동력이 있다고 판단된 사람들만이 벌거벗겨진 채 머리카락이 깎여 강제 노역과 폭력 속으로 내몰렸습니다. 그들은 발 하나 제대로 뻗기 어려운 비좁은 가축우리 같은 수용소에서 추위와 굶주림에 시달리며, 하루 한 번 배급되는 한 줌의 빵과 묽은 수프로 겨우 생명을 이어 갔습니다.

그토록 비인간적인 환경 속에서도 프랭클 박사는 한 가지 물음을 놓지 않았습니다. "도대체 무엇이 사람을 끝까지 사람답게 만드는가" 하는 질문이었습니다.

그 결과 그는 인간은 고통을 가져다주는 외부 상황을 바꿀 수는 없지만, 그 상황을 대하는 자신의 태도만큼은 스스로 선택할 수 있다는 사실을 깨달았습니다.

수용소에는 자신의 생존을 위해 나치의 앞잡이가 되어 동족을 가스실로 보내는 잔인한 사람들도 있었지만, 자신이 받은 빵을 나누어 주며 더 약한 사람을 돕는 고귀한 사람들도 존재했습니다. 똑같은 지옥 같은 환경 속에서도 인간답기를 포기하지 않기로 선택한 사람들이 있었던 것입니다. 인간은 선과 악, 두 가지 가능성을 모두 품고 있으며, 어느 쪽을 선택할지는 결국 자신의 의지에 달려 있습니다.

그는 특히 자신의 삶에 의미가 있다고 믿는 사람들이 더 끝까지 버텨 낸다는 사실을 발견했습니다. 이 깨달음에서 탄생한 이론이 바로 로고테라피Logotherapy입니다. 인간은 자신의 삶에 의미를 부여할 때 어떤 고통도 견딜 수 있다는 심리 치료 이론입니다.

프랭클 박사는 이렇게 설명합니다.

"만약 어떤 사람이 시련을 겪는 것이 자기 운명이라는 것을 알았다면 그는 그 시련을 자신의 과제, 다른 것과 구별되는 과제로 받아들여야 합니다. 시련을 당하는 중에도 자기 자신이 이 세상에서 유일한 단 한 사람이라는 사실에 감사해야 합니다. 어느 누구도 그를 시련으로부터 구해 낼 수 없고 대신 고통을 짊어질 수도 없습니다. 그가 자신의 짐을 짊어지는 방식을 결정하는 것은 그에게만 주어진 독자적 가치입니다."

한 칼럼에서 이런 글을 읽은 적이 있습니다.

"인간은 아우슈비츠의 가스실을 만든 존재이기도 하고, 의연하게 가스실에 들어가며 주기도문을 외울 수 있는 존재이기도 하다."

삶이 우리에게 무엇을 줄지를 묻기보다, 우리가 삶의 과제를 어떻게 책임질지를 고민해야 한다는 메시지는, 인류 최대의 비극 한가운데서 프랭클 박사가 경험과 통찰을 통해 발견해 낸 고귀한 가르침입니다.

## 내면을 새롭게 깨우는 '리셋'의 시간

감사 쓰기를 생활화하면서 처음으로 자신이 누구인지, 앞으로 어떤 의미를 찾으며 살아가야 할지를 알게 되었다는 한 수용자의 글입니다.

"저와 비슷한 잘못부터 정말 다양한 죄를 지은 사람들과 함께 살아가는 이곳 수용 시설에서의 하루하루는 모든 것이 처음 겪는 일들이었고, 결코 쉽지 않은 시간들이었습니다. 내 잘못에 대한 깊은 반성과 후회, 연로하신 아버지, 아직 어린 자녀들, 그리고 이 모든 짐을 혼자 떠안고 있는 아내를 생각하면 마음속이 지옥처럼 느껴졌습니다.

그러다 집중 인성 교육을 받게 되었습니다. 46년을 살면서 그토록 다양한 교육과 강의, 심리 테스트를 받아 본 것은 처음이었습니다. 그 시간들은 제게 깊은 인상을 남겼고, 새로운 생각의 문을 열어 주었습니다.

내가 나 자신을 제대로 알지 못하고 있었다는 것, 알면서도 외면해 온 나의 모습이 있었다는 것을 그때야 비로소 깨달았습니다. 그 덕분에 나를 고칠 수 있다는 마음이 생겼고, 내 인생의 의미를 다시 찾아야겠다는 결심을 하게 되었습니다.

강의에서 배운 대로 아주 사소한 일들도 감사 일기에 적었습니다. 화가 나는 일이 있어도 긍정적으로 생각하려고 노력했으며, 남을 더 배려하고 이해하려는 마음을 담아 하루도 빠짐없이 써 내려갔습니다.

수용 생활을 하며 태어나 처음으로 끝까지 읽어 낸 책들도 늘어났습니다. 한 권 한 권 읽으며 전혀 몰랐던 세상을 만났고, 그 덕분에 부족했던 글쓰기 실력도 조금씩 나아지는 것 같았습니다. 흔들리던 마음도 조금씩 단단해졌습니다.

감사 쓰기는 지금까지의 인생을 다시 돌아보게 해 주었고, 앞으로 나아갈 길을 비춰 주는 등대가 되었습니다. 저의 잘못을 잊지 않고 더 나은 삶으로 갚아 가겠다는 마음으로, 사회에 나가서도 가족들과 화목하게 지내고 다른 사람들과도 성실하게 어울리며 살아가고 싶습니다."

수용자들이 쓴 감사의 글을 읽다 보면 공통점이 있습니다. 대부분 가족과 타인에게 진심 어린 감사를 전하면서,

동시에 자기 자신을 다시 세우는 내면의 '리셋' 과정을 거칩니다.

약한 사람에서 강한 사람으로, 죄지은 사람에서 속죄하는 사람으로, 받기만 하던 사람에서 나누는 사람으로, 불만 가득한 마음에서 행복을 발견하는 마음으로. 마치 마음과 정신의 운영 체제가 새로 설치되는 것처럼, 삶이 차근차근 새롭게 세팅되는 모습을 보입니다. 결국 이 과정은 자기 자신을 진심으로 환대하는 길이기도 합니다.

심리학자들은 막막한 상황에서 벗어나기 위해서는 자신감, 자존감, 자기애가 필요하다고 말합니다. 자존감이란 자신을 소중한 존재로 바라보는 태도이고, 자신감은 어려움 속에서도 해낼 수 있다고 믿는 힘이며, 자기애는 어떤 상황에서도 자신의 가치를 존중하는 마음입니다.

## 인간관계라는 신뢰 계좌에 쌓이는 정서적 적금

한 선생님이 학생들에게 이런 말을 했다고 합니다.

"여기 10달러가 있다. 이게 땅에 떨어지면 5달러가 되나? 또 떨어진 10달러를 발로 짓밟으면 1달러가 되나? 아니다. 10달러는 떨어져도, 짓밟혀 구겨져도 10달러임은 확실하다. 다만 떨어진 돈을 주워 더러워지고 구겨진 것을 탈탈 털어 본모습으로 펴야 한다. 또 그 지폐가 여전히 10달러임을 확신해야 한다.

자네들이 때로는 좌절하고 모욕을 당하고 실수를 한다 해도 자신들을 구겨지고 짓밟힌 상태로 방치하지 말길 바란다. 자존감을 가지고 다시 일어서 본모습을 찾은 자신에게 감사하고 칭찬한다면 자네들은 10달러가 아닌 100달러, 1만 달러의 삶을 누릴 자격이 있다.”

감사는 자신을 포함한 누구에게나 “나는 당신을 소중한 존재로 여기고 있습니다”라는 신호를 보내는 것입니다. 이 신호를 받은 사람은 자신이 존중받고 환대받는다고 느끼며, 더 많은 기회를 내어 주고 싶어 합니다. 어쩌면 진심 어린 감사 표현은 인간관계라는 신뢰 계좌에 꾸준히 저축하는 적금과도 같은 것인지 모릅니다.

그래서 하나의 감사는 또 다른 호감으로 이어지고, 그것은 정서적 유대를 넘어 사회적 네트워크로 확장되어 예상하지 못한 기회를 불러오기도 합니다.

한 대기업 인사 담당 임원은 이렇게 말했습니다.

“소위 SKY라고 불리는 명문대 출신도 아닌 제가 임원이 될 수 있었던 건 감사를 표현하는 습관 덕분입니다. 상사에게 지적을 받아도 '가르쳐 주셔서 감사하다'고 말했고, 후배에게도 '실력을 발휘해 줘서 고맙다'고 격려했습니다. 수위 아저씨와 청소 도우미분들께도 늘 웃으며 감사 인사를 드렸습니다. 그랬더니 인사고과에서도 좋은 점수를 받았고, 승진도 빨랐습니다. 하버드 경영대학원 연구를 보니, '상사에게 감사를 자주 표현한 사람들이 주요 프로젝트에 참여할 기회를 얻고 승진도 빨랐다'고 하더군요. 아마도 감사는 제 생존 기술이자 무기였나 봅니다."

많은 사람들을 만나면 만날수록 '감사는 절망의 파편으로부터 나를 보호하기 위해 스스로 만들어 입는 영혼의 방탄복'이라는 사실을 더욱 확신하게 됩니다. 감사는 절망 속에서도 마음을 지키게 하고, 관계 속에서도 가능성을 놓치지 않게 하며, 심지어 아우슈비츠 같은 극한의 상황에서도 인간다움을 끝까지 지켜 낼 수 있게 만드는 힘을 지녔으니까요. 감사는 우리를 인생이라는 전쟁터에서 끝까지 살아남도록 돕는 조용하지만 가장 강력한 무기입니다.

우리를 행복하게 해 주는
사람들에게 감사하세요.
그들은 우리의 영혼을 꽃피워 주는
다정한 정원사들입니다.

_마르셀 프루스트

어제보다 조금 더 좋은 사람이 되는
감사 습관

사람을 이루는 건강, 성격, 외모, 직업, 취향 같은 것들은 결국 그가 어떤 습관을 꾸준히 유지하며 살아왔는지에 따라 결정되는 것 같습니다.

매일 운동하는 습관을 가진 사람과 매일 술과 담배에 의지하며 지내온 사람, 늘 책을 가까이하는 사람과 유흥에 빠져 사는 사람, 치아 관리와 위생, 청결에 신경 써 온 사람과 스스로를 방치하며 살아온 사람의 삶이 전혀 다른 모습을 보이는 것은 너무나 당연한 일입니다.

다른 사람들에게 호감을 얻거나 사회적으로 성공을 거둔 사람들을 보면 대부분 자신을 아끼고 돌보는 습관을 가진 경우가 많습니다. 명상이나 산책, 독서나 음악 감상, 혹은 기호식품에 대해 공부하는 일까지, 자신만의 루틴을 만들고 그것을 일상 속에서 꾸준히 반복해 온 사람들이지요.

여러 연구 결과에 따르면, 어떤 일이든 두뇌를 자주 사용하게 되면 점점 그 일에 능숙해지고 익숙해진다고 합니다. 유아기에 이를 닦거나 배변 습관을 익히는 일에서 시작해, 청년기에는 공부와 운동, 그리고 나이가 들면 약을 제때 챙겨 먹는 일이나 정리 정돈 같은 생활 습관까지, 이 모든 사소한 반복이 결국 우리의 인생을 만들어 갑니다. 어떤 습관을 선택하느냐가 곧 어떤 인생을 살게 될지를 결정하는 셈입니다. 그리고 그중에서도 감사를 습관으로 만드는 일은 우리의 삶에 놀라운 변화를 가져옵니다.

## 5,019번의 손 글씨로 써 내려간 감사

수용자들이 쓴 감사 일기와 감사 편지를 읽다가 절로 감탄이 나온 분이 있었습니다. 그분의 감사 쓰기 목록을 보니 무려 5,019개의 감사 글을 손으로 또박또박 기록해 두었더군요. 어머니와 아버지, 아내와 자녀들, 형제자매와 할머니, 장인과 장모 같은 가족은 물론이고, 군대 전우들, 교정과 교화에 힘써 준 법무부, 깨달음을 얻게 해 준 교도소, 대한민국에 대한 감사 등을 각각 100가지씩 정리해 두었습니다.

거기서 끝이 아니었습니다. 작업장에서 동료들과 함께 쓴 '매일 감사', 함께 대화를 나누며 정리한 '감사의 정의'까지…. 그는 이제 다른 사람들에게 감사를 전하는 '감사 전도사' 역할도 하고 있습니다.

이 수용자가 남긴 5,019개의 글을 200자 원고지에 옮기면 장편소설 분량이 된다고 합니다. 어쩌면 정말 작가가 될 수도 있겠지요.

처음에는 억지로, 혹은 호기심으로 시작했던 감사 쓰기였을지 모릅니다. 하지만 그것이 점차 습관이 되었고, 결국 이렇게 놀라운 기록으로 이어졌습니다.

조슈아 브라운 교수와 조엘 윙 교수가 진행한 연구, 그리고 로버트 에몬스 교수의 연구 결과들에 따르면 감사를 자주 표현하면 긍정적인 감정이 형성되고, 그 과정에서 뇌의 경로가 강화되어 더 긍정적인 상태로 나아가게 된다고 합니다. 일종의 정신 훈련이 되는 셈입니다.

이 수용자는 5,019개의 글 가운데 '염치없고 부끄러운 나 자신에게 보내는 감사'를 주제로만 200편을 썼다고 합니다. 자신에게 감사한다는 것은, 스스로가 긍정적으로 변화하고 있음을 인정하는 용기 있는 태도이기도 합니다.


## 죽음의 그림자 앞에서도 빛나는 마음


베네딕트회 소속의 다비드 슈타인들라스트 수사는 '감사하는 삶을 위한 네트워크'의 설립자이며,《감사: 충만한 삶에 이르는 길》등 감사의 중요성을 다룬 책을 여러 권 집필한 감사 분야의 전문가입니다.

그는 나치가 점령하던 시절 오스트리아에서 극심한 빈곤과 영양실조 속에 어린 시절을 보냈습니다. 제2차 세계대전 시기에 언제 전쟁터로 징집될지 모른다는 불안 속에서 죽음의 공포를 느끼며 살았지만, 그럼에도 그는 행복을 느꼈다고 합니다. 곧 닥쳐올 죽음이 아니라, 아직 자신에게 남아 있는 삶을 '선물'로 바라보았기 때문입니다. 그리고 그 선물에 감사했습니다.

그는 감사하는 마음을 키우는 훌륭한 연습 방법, 즉 감사 습관을 이렇게 소개합니다.

"매일 그날의 주제를 정합니다. 예를 들어 '물'을 주제로 정하면 이를 닦을 때, 손 씻을 때, 접시를 닦을 때마다 물의 고마움을 생각하고 감사할 수 있지요. 그때마다 자신이 순수한 감사의 순간에 존재한다는 사실을 상기하게 됩니다. 저는 이 연습이 정말 좋아서 나의 행동 수준을 높이기 위해 규칙적으로 실천하고 있습니다. 감사는 인간이 세상을 살면서 하나님을 경험할 수 있는 가장 좋은 방식입니다. 감사는 그 자체만으로 가장 좋은 기도라고 할 수 있지요."

제 주변에도 감사를 습관처럼 실천하는 분이 있습니다.

아버지가 돌아가신 뒤 홀로 남은 어머니와 함께 살던 김동석 변호사는 지난해 어머니마저 떠나보낸 뒤 깊은 상실감 속에 지냈다고 합니다. 여전히 어머니의 방이 남아 있고, 어머니가 사용하던 물건들이 그대로 있으며, 추억이 곳곳에 배어 있는 집에서 애도의 시간을 보냈습니다.

최근 만났을 때 그는 이렇게 말했습니다.

"그래도 어머니 생전에 감사의 마음을 충분히 표현하고 말로 전할 수 있어서 다행이라고 생각합니다."

그는 떠오를 때마다 감사를 표현하는 것을 습관처럼 실천했다고 합니다.

"어머니께서 몸이 약해지셨을 때부터 매일 감사의 말을 드리는 것이 습관이 되었지요. '엄마, 내가 초등학교 때 소풍 가면 다른 친구들은 김밥만 싸 왔는데 엄마는 유부초밥까지 싸 주셔서 너무 고마웠어요', '엄마, 고기 먹기 싫어하는 우리 먹이려고 소고기로 탕수육을 자주 만들어 주셨죠. 정말 맛있고 감사했어요' 하고 추억을 나누며 매일 고맙다는 말을 전하니 어머니는 민망해하시면서도 웃으셨습니다."

그는 아들의 말에 어린아이처럼 기뻐하시는 어머니 모습이 그렇게 좋았다고 합니다.

"누군가에게 감사하며 그분의 자존감을 세워 드리는 일보다 더 가치 있는 일이 있을까요? 감사를 표현하는 데는 돈이 드는 것도 아니고 큰 노력이 필요한 것도 아니니까요. 그래서 요즘 어린 시절의 친구들, 제게 영향을 준 친척들까지 떠올리며 감사의 글을 써 봅니다. 감사한 일을 찾아 떠올리다 보면 제 삶의 역사도 정리되는 기분이 듭니다. 무엇보다 제 정신 건강에 도움이 됩니다. 이제 감사는 제 삶에서 빼놓을 수 없는 중요한 습관이 되었습니다."

그의 이야기가 오래 마음에 남았습니다. 감사는 받는 사람뿐 아니라 전하는 사람의 마음까지 채워 준다는 사실을, 그는 어머니를 떠나보낸 뒤 더 또렷하게 깨달은 것 같았습니다.

## 불운을 딛고 선 사람의 선택

미국의 방송인에서 이제는 세계적으로 영향력 있는 인물이 된 오프라 윈프리는 자신의 성공과 행복의 비결로 '감사 일기를 쓰는 습관'을 꼽습니다. 그는 감사에 관한 책도 여러 권 집필했지요.

1954년, 미국에서 인종차별이 극심하던 시기에 흑인 사생아로 태어나 외할머니 손에서 자란 그는 어린 시절 사촌 오빠에게 성폭행을 당해 임신까지 했고, 태어난 아이는 곧 세상을 떠났습니다. 이후 이성 관계의 어려움과 마약 중독까지 겪었으며, 뚱뚱하다고 조롱도 받았습니다. 불운한 삶의 필요충분조건을 다 갖춘 그가 어떻게 감사의 상징이 될 수 있었을까요. 바로 감사 일기 쓰기 덕분입니다.

그는 행복한 일이 생겨서 감사 일기를 쓴 것이 아니었습니다.

"친구가 다정하게 안부를 물어봐 줘서 감사하다."

"오늘 유난히 파란 하늘이 감사하다."

"얄미운 친구에게 화내지 않은 나 자신에게 감사하다."

이처럼 그날 일어난 일 가운데 몇 가지를 골라 감사하다고 적다 보니 습관이 되었고, 그것이 그의 삶을 성공으로 이끌었다고 합니다. 특별한 날을 기다린 것이 아니라 평범한 하루 속에서 감사의 이유를 찾아낸 것입니다.

그는 이렇게 말했습니다.

"아무리 많은 부와 명예를 가져도 감사할 줄 모르는 사람은 자기 삶의 주인이 아니라 노예입니다. 감사할 줄 아는 사람이야말로 자신의 삶의 주인이며 선택권을 가진 사람입니다.”

감사를 통해 자신이 누구인지를 알고 삶을 주도적으로 사는 오프라 윈프리의 인생 철학은 '오프라이즘Oprahism' 이라고도 불립니다. 그는 '행운 사용법'이라고 부르는 감사 일기 쓰는 방법도 소개했습니다.

아주 사소한 것에 감사하기, 거창한 일을 찾기보다 일상의 작은 기쁨에 감사하기, 혼자 있을 때 자신이 쓴 감사 일기를 다시 읽어 보기, 감사 목록이 어떻게 변해 가는지 살펴보기 등입니다.

불평불만, 비난거리를 찾는 대신 흘러가는 구름과 꽃 위에 맺힌 이슬, 커피 향기 같은 작은 것들에서 감사할 줄 아는 습관을 체화하면, 그 습관은 염료가 옷감에 스며들 듯 우리 삶을 서서히 그러나 분명하게 물들여 갑니다.


## '감사한 척'이 불러온 훈훈한 반전

습관이 되기 전이라도 “감사하는 척이라도 먼저 해 보라”고 말한 한 수용자의 편지를 소개합니다.

"저는 이곳에 와서 허송세월하며 8년의 시간 동안 책이라곤 무협지만 보며 지냈습니다. 이곳에서 공부하는 사람들을 보면 '공부해서 뭐 하려고 그러나' 하는 부정적인 생각을 하기 일쑤였고, 불같은 성격 탓에 툭하면 동료들과 티격태격하며 지내는 시간도 많았습니다. 그러던 제가 〈감사나눔신문〉을 우연히 접하며 삶이 180도 바뀌게 되었습니다.

감사 쓰기로 인해 작은 일에도 감사하게 되었으며, 긍정적인 사고관이 생겨나 동료들에게 칭찬과 격려를 자연스럽게 하게 되었습니다. 이렇게 감사의 힘이 얼마나 큰지 깨닫게 됩니다.

'감사한 척만 해도 감사한 효과가 있다'라는 말처럼 '고맙습니다', '감사합니다'라는 말을 하루에 열 번씩 하겠다는 다짐을 하며 매일 감사하며 살아갔습니다. 그랬더니 부정적이고 암흑이었던 세상이 밝아지기 시작했고, 정신이 맑아지니 사소한 것도 소중하고 감사할 줄 아는 사람이 되었습니다.

세상에 당연한 건 없고 배려하고 노력해야 한다는 것도 깨닫게 되었습니다. 욕심 많고 불같은 성격을 지닌 제가 조금씩 내려놓는 법을 배우게 되었으며, 이제는 무협지가 아닌 독학사 공부에 열중하고 있습니다.

지난 시간을 돌이켜보면 감사한 일보다 잘못한 점이 훨씬 더 많이 떠올랐습니다. 그럼에도 감사 쓰기를 꾸준히 실천하니 제 삶에도 변화가 찾아왔습니다.

이제는 감사 쓰기가 일상이 되었으며 사랑 표현에 담을 쌓고 지내던 제가 어머니께 '어머니 고맙습니다', '어머니 사랑합니다'라고 자연스럽게 표현도 합니다. 생전 어머니께 사랑 표현을 안 하다 해 보려니 처음엔 손발이 오글거리고 부끄럽기도 했습니다.

이 모든 것이 감사 쓰기의 힘이며 효과라고 생각합니다. 지금은 사랑과 감사 표현을 하지 않으면 허전할 정도로 변한 내 모습이 놀랍습니다."

그는 이렇게 좋은 것을 동료들과 함께할 수 없을까 고민한 끝에 작업장 게시판에 〈감사나눔신문〉을 게시해 다른 수용자들에게도 적극적으로 감사 쓰기를 시작해 보라고 권했다고 합니다.

"처음에는 두 명으로 시작했습니다. 그러나 지금은 많은 동료들이 매일 감사 쓰기에 참여하고 있습니다. 얼마 지나지 않아 동료들이 몰라보게 변화된 모습을 보였습니다. 가장 눈에 띄는 변화는 부드러워진 말투입니다. 덕분에 서로 이해하고 배려하게 되었고 작업장엔 웃음이 많아졌습니다.

이제는 감사를 주는 사람으로 거듭나고자 합니다. 앞으로의 삶에서도 지금의 소중한 감정을 잊지 않고 감사하는 마음으로 내일을 계획하고, 교만하지 않고 겸손한 자세로 꾸준히 감사함을 실천하며 살겠습니다.”

## 매일 나에게 건네는 꽃다발

감사를 느끼고 그것을 말로 표현하는 일은 생각보다 간단하지 않습니다. 운동이나 공부, 악기 연주처럼 반복과 훈련이 필요합니다. 감사는 수도꼭지를 틀면 바로 나오는 물처럼 저절로 생겨나는 것이 아니기 때문입니다.

매일 감사하기로 마음먹고, 사소한 일에도 감사해야 한다고 스스로에게 계속 상기시켜야 합니다. 그래야 감사의 여운이 오래 남고, 몸과 마음에 단단히 자리 잡게 됩니다. 그리고 마침내 하루의 일상이 되어 나 자신과 주변까지 변화시키게 됩니다.

저 역시 감사에 관한 책을 쓰면서 그 놀라운 장점과 효능을 알게 되었고, 60대 중반이 된 지금에서야 비로소 '감사의 습관'을 머리와 마음, 그리고 몸으로 익혀 가고 있습니다. 늦었다는 생각이 들기도 했지만, 지금 이 순간이 또 하나의 시작이라는 사실에 감사합니다.

아침에 눈을 뜨면 "오늘이라는 선물을 다시 받게 해 주셔서 감사합니다"라는 말로 하루를 시작합니다. 그리고 전직 수사관 기원섭 선생의 인간관계 비법인 '퍼뜩 생각, 후딱 행동'을 실천하려고 노력합니다.

감사해야 할 사람이나 일이 떠오르면 미루지 않고 바로 문자나 전화로 마음을 전합니다. 친구의 따뜻한 문자, 강의나 방송 출연 제안, 맛집이나 영양제 정보를 알려준 지인에게도 곧바로 감사 인사를 보냅니다. 습관이 되니 이제는 몸이 먼저 반응합니다.

감사의 대상이 꼭 사람일 필요는 없습니다. 16년 동안 우리 가족과 함께한 반려견 리즈에게도 "노령인데도 큰 병 없이 우리에게 기쁨을 줘서 고마워"라고 말하며 쓰다듬어 줍니다. 늦가을까지 피어 있던 마당의 장미에게도 "눈호강 시켜 줘서, 고맙다"라고 인사를 건넵니다.

이렇게 감사의 마음을 표현할 때면 제 마음뿐 아니라 표정에도 자연스럽게 미소가 피어납니다. 제게 감사의 습관은 마음의 보톡스이자 좋은 노화 방지 비결이기도 합니다.

습관적으로 남을 비난하고 짜증을 내는 삶과 비교해 보면, 감사를 습관으로 만든다는 것은 결국 자신에게 줄 수 있는 가장 멋진 선물인지도 모릅니다. 매일 내 손으로 나 자신에게 건네는 꽃다발 같은 것이지요. 꽃집에서 사 오는 것도 아니고, 누군가 대신 가져다주는 것도 아닙니다. 오직 내가 나에게 직접 건네는 가장 향기로운 선물, 그것이 바로 감사의 습관입니다.

# PART 3

# 고맙다,
# 이 모든
# 날들에게

몸과 마음을 살리는
감사의 치유력

감사가 심신 건강에 얼마나 깊은 영향을 미치는지 제게 일깨워 준 분은 의사도, 심리학자도, 과학자도 아닌 패션 디자이너 이광희 씨입니다. 그는 2009년부터 '희망고(희망의 망고나무)'라는 단체를 만들어 아프리카 남수단 톤즈에서 빈곤 지역 구호 활동을 펼치고 있습니다.

비행기를 몇 번이나 갈아타고, 다시 온갖 교통수단을 동원해야 겨우 닿을 수 있는 그곳. 잠자리도 불편하고 먹을 것도 변변치 않으니 그곳에 다녀오면 시차 적응이나 과로로 며칠쯤 앓아눕는다 해도 이상할 게 없는데, 그는 오히려 평소보다 더 건강하고 생기 넘치는 얼굴로 돌아옵니다.

"톤즈에는 마땅한 숙소가 없어 텐트에서 자다 보니 모기에 물리기도 해요. 모든 것이 부족한 그곳에 약품, 식량, 아이들 학용품이나 생필품을 가져간 우리에게 진심으로 감사해하는 그들의 환대를 보면, 나도 덩달아 감사하고 행복해져요. 무더위 속에서도 꿀잠을 자고 뭐든 맛있게 먹었고, 나중에 톤즈에서 찍힌 사진을 보니 제가 내내 웃고 있더군요."

그는 톤즈에 희망의 망고나무를 심었지만, 정작 그 땅에 뿌리내린 것은 감사와 기쁨이었습니다.

《내면소통》,《회복탄력성》의 저자 김주환 연세대 교수는 '감사'야말로 무엇보다 우리 건강에 큰 영향을 미친다고 강조합니다.

"사람의 마음과 몸을 최상의 상태로 유지시켜 주는 것은 긴장을 푸는 명상이나, 기분 좋은 일을 생각하는 것보다도 감사하는 마음이다. 감사하는 마음이야말로 긍정 심리학이 지향하는 최선의 마음 상태다. 긍정성 향상을 위한 마음의 훈련을 한다면, 감사하기 훈련이 최선이라는 뜻이다."

## 행복의 곁에서 깨어나는 감사의 뇌세포

최근 뇌과학자들은 '뇌 사진을 찍어 보니 행복을 느끼는 뇌세포 바로 옆에 감사를 느끼는 뇌세포가 있다'는 사실을 밝혀냈습니다. 감사를 느끼는 뇌세포가 활성화되면 행복감이 함께 깨어나고, 뇌에 혈류가 풍부하게 전달되어 엔도르핀 호르몬이 분비됨으로써 건강에도 뚜렷한 도움이 된다는 연구 결과들이 잇따라 발표되고 있습니다.

미국 UC버클리대학의 대처 켈트너 교수가 주도하여 설

립한 '그레이터 굿 사이언스 센터Greater Good Science Center'
는 2014년 존 템플턴 재단으로부터 지원을 받아 '감사 과
학과 실천의 확장'이라는 프로젝트를 시작했습니다. 무려
400만 달러에 달하는 지원을 바탕으로 감사가 연인, 가족,
직장, 대인 관계, 건강 등 삶의 여러 영역에 어떤 영향을 미
치는지 전문가들을 총동원해 연구했습니다.

잡지 편집자이자 방송 제작가인 제니스 캐플런은 그 연
구를 토대로 1년 동안 매일 감사 훈련을 실천했습니다. 그
리고 자신의 가족 관계가 어떻게 달라졌는지는 물론 관련
전문 연구자들을 직접 만나 나눈 이야기를《감사하면 달라
지는 것들》이라는 책에 고스란히 담아냈습니다.

캐플런은 긍정 심리학의 대가 마틴 셀리그만 박사로부
터 "감사 편지를 써서 직접 전해 주면 한 달간은 우울감이
낮아진다"는 말을 들었고, 감사 일기를 꾸준히 쓰면 혈압
이 안정되고 수면의 질이 향상된다는 다른 학자들의 연구
결과도 직접 확인했습니다.

그는 통합 의료 분야의 전문가인 마크 리포니스 박사로
부터 "긍정의 상징인 감사야말로 최고의 비타민"이라는
말과 함께 이런 설명을 들었습니다.

"현재 미국인들의 사망 요인은 80년 전과는 크게 달라

졌습니다. 이제 사람들은 세균이 아닌 백혈구의 공격으로 목숨을 잃고 있습니다. 더욱 흥미로운 사실은 면역 체계가 감정에 반응한다는 점이 밝혀진 것입니다. 걱정, 분노, 두려움 같은 감정은 백혈구에게 순찰을 나가도록 지시합니다. 그러면 백혈구는 특별한 공격 대상이 없어도 위험한 염증의 흔적을 남겨 놓지요. 감사를 느끼면 이와 상반된 효과가 나타나 면역 체계가 통제력을 잃고 가동되는 것을 막아 줍니다."

몸속 염증이 심장병, 암, 당뇨, 알츠하이머, 뇌졸중 등 현대의 주요 질환에 핵심적인 역할을 한다는 것은 이제 과학적으로, 그리고 의학적으로 검증된 사실입니다. 염증을 다스리는 방법은 생각보다 단순합니다. 과거를 걱정하지 않고, 미래에 초조해하지 않으며, 지금 이 순간 내가 가진 것들을 하나씩 헤아리며 감사하는 것입니다.

## 억눌린 마음의 돌을 치우고 나서

매일 감사 일기를 쓰고 평소에 고마웠던 이들에게 편지를 쓰는 그 자체가 치유와 회복의 과정입니다.

그래서일까요. 감사 쓰기를 실천한 이후 건강을 되찾았다는 수용자들의 사연이 적지 않습니다.

"우울증과 심한 불면증으로 약을 먹어 늘 멍한 상태로 지냈던 저는 교도관님의 권유로 감사 일기를 쓰기 시작했습니다. 그저 무언가에라도 집중하고 싶었고, 막막한 삶 속에서 단 한 가지라도 감사한 것을 찾고 싶었습니다.

그런데 매일 감사 일기로 하루를 마무리하다 보니 늘 머리와 가슴에 박혀 있던 무거운 돌이 빠져나가는 느낌이 들었습니다. 어느 날 문득, 제 불면증이 조금씩 개선되어 가는 것을 느꼈습니다. 이제는 약 없이도 잠을 잡니다. 감사 일기가 제게 준 선물입니다."

그렇다면 감사 일기가 수면의 질을 높이는 이유는 무엇일까요. 뇌신경학자들의 분석은 이렇습니다.

"감사 일기를 쓰거나 잠들기 전 고마웠던 일을 떠올리면 잠드는 시간이 짧아지고 깊은 수면 시간이 늘어나는 경향이 있다. 이는 의학적으로 걱정을 반추하는 사고가 줄어들기 때문이다."

감사하는 마음이 자꾸만 걱정거리를 되새기는 생각을 희석시키거나 덮어 버리는 작용을 한다는 것입니다. 온갖 고민과 스트레스, 분노로 뇌가 들끓으면 자다가도 수시로 벌떡 일어나게 되고, 건강한 잠을 충분히 이루지 못하면 면역력이 떨어져 몸 곳곳에 비상벨이 울리게 됩니다.

한 수용자는 피해자분께 다음과 같은 감사 편지를 보내기도 했습니다.

"저는 사회생활을 할 때 허리도 아프고 골골거리는 허약 체질이었습니다. 이곳에 오기 전까지는 제가 지은 죄에 대한 두려움과 죄책감에 시달려 몸도 마음도 상처투성이였습니다.

이곳에서 제가 죄인임을 확실히 깨닫고 평생 용서를 구하며 살겠다고 다짐하니 오히려 마음이 가벼워졌습니다. 또 이곳에 온 덕분에 감사 일기도 알게 되었고, 규칙적인 생활을 하며 기술도 배우다 보니 스스로도 놀랄 만큼 건강이 좋아졌습니다. 덕분에 미래도 차근차근 준비하고 있습니다.

피해자분께 다시 한번 용서를 구하며, 죽는 날까지 죄송하고 감사한 마음으로 살겠습니다."

## 마음의 허기를 채울 때 몸은 스스로 살아난다

《감정의 분자》는 뇌와 면역계가 감정의 분자로 통합된 하나의 정보 네트워크임을 정신신경면역학으로 풀어낸 책입니다. 저자 캔더스 B. 퍼트는 우리가 직감적으로 알고 있는 사실, 즉 몸이 감정에 아주 빠르게 반응한다는 점을 신경화학의 관점에서 증명하기 위해 오랫동안 연구에 매진했습니다.

걱정이 많거나 몹시 피곤하거나 스트레스를 받으면 면역력이 떨어져 쉬이 감기에 걸리고, 툭하면 딱따구리가 뇌를 쪼아 대는 듯한 편두통에 시달리며, 불안하면 위경련이 찾아오는 경험을 누구나 한 번쯤 해 보았을 것입니다. 그런데 감사를 느끼고 표현하면 면역력이 강화되어 잔병치레가 눈에 띄게 줄어든다고 합니다.

'최고의 성형은 다이어트'라는 말이 나올 만큼 체중 관리에 대한 관심은 전 세계적으로 뜨겁습니다. 그런데 자신의 외모를 왜곡되게 인식한 나머지 음식을 폭식하고, 또 살이 찔까 두려워 구토나 약물에 의존하는 폭식증 환자들이 의외로 많습니다.

그 아름다운 다이애나 황태자비도 남편의 불륜, 영국 왕

실의 엄격한 규율 등으로 극심한 스트레스를 받아 폭식과 구토를 반복하고, 수시로 자살 충동에 시달리며 여러 차례 자해를 했다고 직접 인터뷰에서 밝힌 바 있습니다.

비만과 다이어트 전문의들은 폭식의 근본 원인을 외모 스트레스보다 우울감, 그리고 자신이 사랑받지 못하고 인정받지 못한다는 열등감에서 찾습니다. 결국 음식보다 마음이 먼저라는 것입니다.

매일 다섯 가지 감사한 일을 기록하는 일기를 써 내려가는 수용자들의 글에는 그날의 식단, 음식을 먹었을 때의 기쁨, 그리고 체력이 회복되면서 운동에 나서는 모습이 자주 등장합니다.

"한글날이라 특식으로 식혜와 유과가 나왔는데, 명절 때 가족들이 둘러앉아 나눠 먹던 기억이 떠올라 한층 맛있게 먹었습니다. 좋은 음식과 따뜻한 추억을 함께 나눌 수 있게 해 주셔서 감사합니다."

"기독교 집회에 참석했는데 떡과 홍시를 선물로 주셔서 방 식구들과 나눠 먹었습니다. 작은 나눔에도 모두가 환하게 웃으니 감사합니다."

"아침 배식으로 김밥 재료가 나와서 미리 구해 둔 참치
와 소시지, 진미채 무침을 넣어 김밥을 만들어 먹으니,
마음만큼은 소풍을 온 것 같아 감사함을 느낍니다."

## 세상을 보는 렌즈가 바뀔 때

미국의 뇌신경학자이자 베스트셀러 작가인 앨릭스 코
브 박사는 《우울에서 벗어나는 46가지 방법》을 펴내고,
2023년 한국의 독자들을 위해 인터뷰를 가졌습니다.

우울증에 빠져 있을 때는 대인 관계도 어렵고 사소한 일
에도 거부당한 듯한 감정이나 고립감을 느끼기 쉽습니다.
코브 박사에게 이에 대처하는 방법을 질문하자 주저 없이
'감사하기'를 제안했습니다.

"한 가지 방법은 '감사함'을 떠올리는 것입니다. 다른 이
에게 감사의 마음을 품는 것만으로도 혼자 있을 때도 타인
과 연결되어 있다는 느낌을 받을 수 있습니다. 반려동물과
시간을 보내는 것도 도움이 됩니다. 그들과 함께할 때 옥시
토신이라는 호르몬이 분비되기 때문입니다."

감사하는 마음을 갖는 것은 우리가 검색창에 긍정적인

단어를 입력하는 것과 같은 효과를 냅니다. 다시 말해, 뇌의 검색 필터를 바꾸는 기능을 하는 것입니다. 전문가들은 감사를 의도적으로 찾다 보면 먼저 뇌의 필터가 달라지고, 이어서 상황이나 대상을 해석하는 방식이 바뀌며, 행동이 달라지고 결국 결과가 바뀐다고 말합니다.

세상을 바라보는 우리의 렌즈 자체를 바꾸는 놀라운 역할을 하는 것, 그것이 바로 감사하는 마음과 실천입니다.

올해 106세인 김형석 교수는 감사하는 습관에 대해 이렇게 말했습니다.

"인생은 자기 자신을 키우는 것이자 사람의 마음을 키우는 것입니다. 체력 낭비, 감정 낭비하지 않는 것이 장수 비결입니다. 화를 내지 않고 남을 욕하지 않고 독서를 하는 사람은 늙지 않습니다. 좋은 신앙을 갖고 절망하지 않고 사는 것, 작은 일에 감사하는 것이 중요합니다."

뇌과학자인 앤드류 후버만도 감사의 과학적이고 의학적인 효과를 힘주어 강조합니다.

"성경에서 늘 봐 왔던 '범사에 감사하라'는 구절이 너무 종교적이고 비과학적으로 여겨졌는데, 신경과학 연구 결과 감사하기가 운동보다 더 강력한 항염증 작용을 한다는 사실이 밝혀졌다. 정신 및 신체에 강력한 긍정적 효과를 준다. 감사의 크기가 곧 행복의 크기이다."

오래전 읽었던 기사 하나가 여전히 뇌리에 선명합니다. 실험 참가자들에게 극도로 분노를 유발하는 상황을 연출한 뒤, 분노 지수가 절정에 달했을 때 타액을 분석했더니 스트레스 호르몬과 염증 관련 물질이 증가한 것으로 나타났다고 합니다. 분노가 우리 몸에도 적지 않은 부담을 준다는 사실을 보여 주는 사례였습니다. "누가 당신을 괴롭혔다고 마구 화를 내는 것은 스스로 독약을 마시고 그 사람이 죽기를 바라는 것과 같다"는 말이 새삼 떠오릅니다.

또한 양육자가 극심한 스트레스와 분노 상태에 놓이면 아이의 정서와 건강에도 좋지 않은 영향을 줄 수 있다는 연구 결과도 있습니다. 반면 대부분의 어머니들은 아이의 해맑은 미소, 세상 어떤 음악보다 아름다운 웃음소리, 뜻을 알 수 없는 옹알이 앞에서 온갖 시름과 두려움, 육체적인 고통마저 사르르 잊어버립니다. 내 삶에 찾아온 아이라는 존재 자체가 얼마나 감사한지, 온 우주에서 오직 나만을 의지하는 그 작은 존재와의 교감 속에서 충만한 행복을 느끼는 것입니다.

분노, 우울, 억울함, 원망, 적개심처럼 우리 안에 쌓이거나 불쑥 찾아드는 이 온갖 부정적인 감정들을 감사는 한꺼번에 갈아 없애는 분쇄기 같은 역할을 합니다.

이처럼 감사는 만병의 근원인 스트레스에 대한 해독제로 작용하며 건강을 지켜 줍니다. 감사를 느끼는 순간 스트레스 증상은 물론 막연한 불안도 잦아듭니다. 또 예기치 못한 불행한 상황이 닥치더라도 심리 면역 체계가 활발하게 가동되어 그 상황을 한결 견뎌 내기 쉽게 해 줍니다.

저도 예전에는 수시로 열이 받아 뇌의 필라멘트가 끊어지는 것 같거나, 극도로 화가 치밀어 지병인 천식 때문에 호흡 곤란을 겪은 적이 한두 번이 아닙니다. 하지만 이제는 감사를 배우고 익힌 덕분에 스스로에게 들려주는 '주문'이 하나 생겼습니다.

"괜찮아. 별일 아냐. 나는 지금까지 잘해 왔고, 앞으로도 잘해 낼 거야. 날마다 성장하고 성숙해지는 나 자신에게 감사해야 해."

언젠가 감사 습관이 더욱 깊어지면, 이런 주문이 따로 필요하지 않을 때가 올 것입니다. 감사가 저절로 숨 쉬듯 자연스러워져, 몸과 마음이 스스로 건강한 균형을 유지하는 날을 기대하며, 오늘도 조용히 감사 일기를 펼칩니다.

삶이 달라진 뒤에
감사하는 것이 아니라,
감사를 시작할 때
삶이 조금씩
달라지기 시작합니다.

방전된 영혼을 깨우는
감사라는 충전기

2025년 여름, 미술을 사랑하는 중년 여성들과 함께 남프랑스 미술 기행을 떠났습니다. 니스에서 출발해 아를과 아비뇽을 거쳐, 마침내 오베르 쉬르 우아즈라는 작고 아담한 마을에 도착했습니다.

그 마을은 빈센트 반 고흐가 생의 마지막 시간을 보내다 1890년 7월 29일 눈을 감은 곳입니다. 성당을 비롯한 마을 풍경은 고흐의 그림 속 모습 그대로여서, 발걸음을 옮길 때마다 감탄이 절로 나왔습니다. 기념관은 물론이고 마을 곳곳 건물 벽마다 그의 그림이 액자에 담겨 걸려 있는 모습도 인상적이었습니다.

## 절망의 끝에서 다시 웃게 만든 한 문장

거의 매일 붓을 손에서 놓지 않았지만, 평생 단 한 점의 그림밖에 팔지 못했던 화가 고흐. 그는 경제적 궁핍과 우울, 정신적 혼란 속에서 깊은 고통의 시간을 견디며 "슬픔은 왜 나에게만 찾아오는 걸까"라며 절규했습니다.

그런 그가 바로 이 작은 마을에서 불과 몇 달 사이에 화가 인생 전체를 통틀어 가장 많은 작품을 남겼습니다. 그것도 유난히 밝고 화사한 색채의 풍경화와 어린아이들의 그림들이었습니다. 마치 어둠 속에 웅크리고 있던 한 화가가 어느 날 갑자기 빛 속으로 걸어 나온 듯한 변화였습니다.

그 비밀은 동생 테오에게서 받은 편지 한 통 때문이었다고 고흐 전문가들은 분석합니다. 고흐 형제는 평생 편지를 주고받았고, 동생 테오는 늘 형에게 경제적 지원을 아끼지 않았습니다. 하지만 그 시절 받은 단 한 통의 편지는 그 어떤 물질적 지원보다도 훨씬 강력하게 고흐의 삶을 바꾸어 놓았습니다.

"빈센트 형에게.

사랑하는 형. 아내가 예쁜 아들을 낳았어. 전에 말한 대로 아이는 형의 이름을 따서 빈센트라고 부를 거야. 이 아이도 형처럼 강직하고 용감하게 자라기를 진심으로 바라고 있어."

고흐는 이 짧은 편지를 읽고 또 읽었습니다. 그리고 기쁨과 감사가 가득 담긴 답장을 보낸 뒤, 곧바로 동생이 사는 곳 근처인 오베르로 이사까지 했습니다. 동생이 형을 사랑하고 인정하는 마음으로 조카에게 그의 이름을 물려주었다는 사실에 깊이 감동했던 것입니다.

고흐는 건강이 쇠약해진 상태였지만 창작의 불꽃이 다시 타올랐습니다. 마치 완전히 방전되었던 배터리가 단번에 충전된 것처럼, 그는 동생 테오와 조카 빈센트를 위해 〈꽃피는 아몬드나무〉, 〈사이프러스와 별이 있는 길〉, 〈오렌지와 아기〉 등 100여 점의 작품을 쉼 없이 그려 냈습니다. 사랑받고 있다는 확신이 한 인간을 얼마나 놀랍게 변화시킬 수 있는지를 보여 주는 장면입니다.

'아몬드 꽃'과 '아기'는 새 생명을 상징하는 소재입니다. 고흐의 전 작품 가운데서도 가장 화사하고 밝은 분위기를 띠는 작품들이 바로 이 시기에 탄생했습니다. 〈감자 먹는 사람들〉을 비롯한 농부를 그린 인물화 속 얼굴이 대부분 지치고 무표정했던 것과 달리, 이 시기에 그린 아기들은 하나같이 해맑고 행복한 미소를 짓고 있습니다. 같은 화가의 작품이라고 믿기 어려울 만큼 분위기가 달라 보입니다.

마더 테레사 수녀는 "가장 끔찍한 빈곤은 외로움과 사랑받지 못한다는 느낌"이라고 말했습니다. 고흐는 가족에게 사랑받고 존중받고 있다는 사실에 대한 감사한 마음으로 오랫동안 자신을 짓눌러 오던 물질적·정신적 빈곤을 훌쩍 넘어선 것은 아닐까요.

감사는 이렇듯 인간의 한계를 뛰어넘게 만드는 힘을 품고 있습니다.

## 영혼의 초고속 충전기

때로 고통은 우리의 몸과 마음을 산산이 부서뜨립니다. 피와 진액이 모두 빠져나가 버린 듯 바싹 말라 버린 느낌, 영혼마저 고갈되어 아무 생각도, 아무것도 할 수 없는 배터리 0퍼센트의 상태. 눈을 떠도 보이는 것이 없고, 손을 뻗어도 잡히는 것이 없는 막막한 순간입니다. 이제는 충전기를 꽂아야 할 때입니다.

언론인 출신 조정민 목사님의 강론을 들은 적이 있습니다. 목사님은 우리가 '플러그 인Plug in', 즉 전원에 단단히 연결된 삶을 살아야 한다고 말씀하셨습니다.

"플러그를 꽂으면 창조주와 연결되고 무한한 생명과 연결됩니다. 그래서 부족감이나 결핍감 없이 살 수 있습니다. 반대로 플러그가 빠진 '플러그 아웃Plug out' 상태가 되면 끝없는 결핍에 시달리다 결국 배터리가 모두 소진되어 죽음에 이릅니다."

　　창조주와 연결되는 방법은 기도일 것입니다. 하지만 영혼을 충전하는 가장 쉽고 빠른 방법은 감사가 아닐까요. 감사할 대상을 찾고, 그 마음을 말과 글로 표현하는 것입니다. 바로 그 순간, 내 마음과 영혼은 서서히 충전되기 시작합니다.

　　저는 크리스천은 아니지만, 어쩌다 보니 사방으로 크리스천들에게 포위(?)되어 있답니다. 신실한 믿음을 자랑하는 친구들이 아침마다 성경 구절을 문자로 보내 주는 것은 기본이고, 제가 단체 대화방에 “지방 강의 다녀올게”, “방송 녹화하는 날이야”라고 말만 해도 어김없이 따뜻한 기도 문자가 도착합니다.

　　“하나님, 우리 친구 인경이가 먼 길을 건강하게 다녀올 수 있도록 걸음마다 축복해 주시고, 인경이의 말에 사랑과 위로가 담기도록 인도해 주시옵소서.”

　　이런 문자를 받을 때마다 감사함에 마음이 따뜻하게 데워지고 굳어 있던 뇌가 말랑말랑해지는 느낌입니다. 바닥을 보이던 배터리가 서서히 다시 충전되는 기분이라고 할까요.

　　놀랍게도 이 충전기는 수용소 담장 안에서도 어김없이 작동합니다.

"수용 생활을 하면서 감사 쓰기를 시작한 지 벌써 1년이 지났습니다. 예전에는 매일이 그저 반복되는 하루였지만, 감사 쓰기를 시작한 이후로는 같은 일상도 전혀 다른 눈으로 보이기 시작했습니다.

사랑의 기억은 강렬하지만 부정적인 기억이 더 오래 남는 것이 일반적입니다. 하지만 감사하는 마음은 그 일반적인 원리를 거슬러 평범하고 즐거웠던 순간들, 많이 웃었던 기억들을 더 오래 붙잡아 줍니다.

감사는 '어떻게든 되겠지' 하는 막연한 낙관이 아니라 근거 있는 긍정을 만들어 줍니다. 또 좌절하고 쓰러질 때에도 실패를 교훈 삼아 다시 일어나게 하는 힘이 됩니다.

저는 지금 이곳에서 제가 할 수 있는 모든 것을 시도해 보고 있습니다. 원하는 결과가 나오면 더없이 좋겠지만, 그렇지 않더라도 그 시도 자체가 이미 감사한 일이라고 생각합니다. 그 과정 속에서 반드시 더 성장할 것이라는 믿음이 있기 때문입니다.

부정적으로 생각하면 아무 의욕도 생기지 않지만, 감사하는 마음을 갖게 되니 아무리 힘든 일이라도 끝까지 해낼 수 있는 끈기와 여유가 생겼습니다.

저는 100 감사 쓰기를 하면서 피해자는 물론, 저를 배신했다고 생각했던 친구에게도 감사 편지를 썼습니다. 그 과정에서 그동안 감사할 일이 너무 많았는데도 제가 그 사실을 외면하고 회피해 왔다는 것을 깨달았습니다. 제가 두려워 도망치기에만 급급했을 때, 오히려 피해자들이 저를 배려해 주었다는 사실도 알게 되었습니다. 1년 전만 해도 상상할 수 없었던 힘이 지금 제 안에 생겨나고 있습니다."

"저는 요즘 스스로를 교도소에서 감사함을 배우고 있는 '감사학교 학생'이라고 생각합니다. 이곳에서 감사를 통해 삶을 되돌아 볼 수 있도록 해 준 교정 당국과 감사나눔 관계자분들께 진심으로 감사드립니다.

저는 2022년에 매일 5 감사 쓰기에 도전했습니다. 남들이 하니까 무작정 따라 쓰기 시작했던 감사 일기였습니다. 그래서인지 작업 때문에 바쁘다는 핑계로, 피곤하다는 이유로 중간에 포기하기 일쑤였습니다. 그러다 감사나눔연구원 이성미 사무총장님의 강의를 듣고 2023년 새해를 맞아 다시 마음을 다잡고 도전하게 되었습니다.

그동안 도돌이표 같은 생활 속에서 지루함과 권태를 느끼며 자존감도, 희망도, 의지도 잃은 채 시간을 흘려보냈습니다. 하지만 지금은 매일 감사를 쓰면서 얼마나 고마운지 모릅니다. 감사 쓰기가 아니었다면 평생 제 잘난 맛에 살았을 겁니다.

감사 쓰기를 통해 한순간의 탐욕과 분노를 이기지 못해 깊은 수렁에 빠졌던 과거를 뼈저리게 후회하고 반성하고 있습니다. 많은 것을 배우고 깨닫는 하루하루가 그저 감사할 따름입니다.

매일 5 감사 쓰기를 하다 보면 하루를 돌아보며 '조금 더 잘할 수 있었는데', '조금 더 따뜻한 말로 동료를 대할 수 있었는데' 하는 반성도 하게 됩니다. 100 감사 쓰기를 완성할 때면 뿌듯함과 성취감을 느끼고, 제 삶이 결코 저 혼자만의 삶이 아니었다는 사실도 깨닫게 됩니다.

그동안 비가 오면 피하기에만 급급했지, 그 뒤에 무지개가 뜬다는 사실은 생각하지 못했습니다. 삶이란, 어제보다 조금 더 나은 오늘을 만들어 가며 날마다 새로운 의미를 쌓아 가는 데 있다는 것을 모르고 살았습니다.

지금은 비록 자유를 잃은 몸이지만, 현실을 부정하지 않고 앞으로는 부끄럽지 않은 삶을 살아가겠습니다."

## 실패를 교훈으로 바꾸는 마음의 자가 회복력

유난히 추웠던 어느 겨울, 지방 강의를 위해 길을 나섰습니다. 고속버스로 세 시간을 가야 하는 먼 길이었습니다. 전날부터 칼바람에 감기 기운이 돌았고, 터미널 약국에서 사 먹은 감기약도, 휴게소에서 먹은 따뜻한 어묵 국물도 으슬으슬한 한기를 완전히 없애 주지는 못했습니다.

'이 나이에 무슨 부귀영화를 누리겠다고 이 먼 길까지 강의를 하러 가나.'

혼잣말처럼 스스로를 원망하기도 했습니다.

그런데 힘겹게 도착한 그곳에서 담당 공무원이 두 팔 벌려 환영하며 환하게 맞아 주었습니다.

"먼 길까지 와 주셔서 정말 감사합니다."

강의장을 가득 채운 분들은 박수와 따뜻한 호응으로 힘을 보태 주었습니다. 무사히 강의를 마치고 나오는데 한 분이 제 손을 꼭 잡으며 말했습니다.

"지금 제 상황에 꼭 필요한 강의였습니다. 정말 감사합니다."

또 다른 분은 "목이 아프실 텐데요"라며 목캔디를 조용히 건네주었습니다. 순간 마음이 뭉클해졌습니다.

그런데 신기한 일이 일어났습니다. 감사 인사를 주고받고 난 뒤, 그렇게도 온몸을 옥죄던 감기 기운이 언제 그랬냐는 듯 슬그머니 사라진 것입니다. 감사가 면역력까지 높여 준다는 말이 괜히 나온 것이 아니었나 봅니다.

많은 감사 연구자들이 감사의 대표적인 효과로 '회복탄력성'을 이야기합니다. 방전된 배터리가 충전되면 기기가 다시 작동하듯, 감사로 충전된 몸과 마음은 놀라운 속도로 회복됩니다.

회복탄력성이 강한 사람은 사소한 상처는 물론 큰 실패를 겪어도 "괜찮아, 나는 극복할 수 있어" 하며 자가 회복 시스템이 자연스럽게 작동합니다. 넘어져도 툴툴 먼지를 털고 다시 일어나고, 실패하더라도 '성공이 불가능한 것이 아니라, 성공으로 가는 과정에서 실패를 하나 더 경험했을 뿐'이라고 생각하게 됩니다. 스스로를 실패자가 아니라 성공을 준비하는 사람으로 전환시킵니다.

그런데 회복탄력성이 강한 사람은 특별한 유전자를 타고난 것은 아닙니다. 어떤 상황에서도 감사라는 충전기를 찾아낼 줄 아는 사람, 바로 그런 사람이 가장 강한 회복력을 갖게 됩니다.

## 타인의 마음을 충전하는 다정한 말 한마디

가족들과 연락이 끊긴 한 수용자는 늘 자신의 이야기를 들어 주고 곁에서 살펴 준 교정공무원에게 100가지의 감사를 전했습니다.

"찾아오는 사람 하나 없는 저를 시간 날 때마다 불러 이야기를 들어 주시고 커피도 주셨던 계장님, 진심으로 감사합니다. 이송 중 휴게소에서 사비로 음료수를 사 주셨던 일도 잊지 못합니다. 영치금이 없을 때 '교화지원금 대상자'로 선정해 주셔서 필요한 물건을 살 수 있었습니다.
언제나 웃으며 맞아 주시고 먼저 안부를 물어봐 주셔서 감사합니다. 좌절하려 할 때마다 손을 내밀어 주셔서 감사합니다. 작업을 마치거나 방 정리를 하고 나면 '수고했다', '고생했다'라고 해 주셨는데, 그 말 한마디에 피로가 사라지고 다시 힘이 났습니다."

어떤 사람들은 이 상황이 지나치게 미화되었다고 생각할지도 모릅니다. 감사 편지를 쓰기 위해 꾸며낸 이야기가 아니냐고 의심할 수도 있습니다. 하지만 갈증을 해소하는 데는 드넓은 바닷물이 필요한 것이 아닙니다. 단 몇 방울의 물이면 충분합니다. 자존감을 높이는 것도 거창한 찬사가 아닙니다.

"덕분에 감사합니다."

"항상 도와주셔서 고맙습니다."

이런 진솔하고 소박한 한마디면 충분합니다.

감사의 말 한마디, 따뜻한 행동 하나는 막막한 현실에 지쳐 방전된 사람들에게 충전기, 그것도 초고속 충전기가 됩니다. 그리고 누구나 그런 충전기가 될 수 있습니다.

대단한 능력도 필요 없습니다. 넉넉한 형편도 필요 없습니다. 그저 감사의 마음을 표현하는 것만으로도 우리는 서로의 배터리를 다시 채워 줄 수 있습니다. 그리고 그 일은, 생각보다 훨씬 쉽습니다.

방전된 영혼을 다시 숨 쉬게 하는 건
대단한 위로가 아니라,
그가 여전히 소중한 존재임을 일깨워 주는
감사의 말 한마디입니다.

우주에 먼저 보내는
감사 영수증

《꿈을 이룬 사람들의 뇌》의 저자이자 뇌과학자인 조 디스펜자 박사는 "감사는 우주에 보내는 영수증"이라고 말합니다.

"영수증이 내 손에 있다는 것은 무얼 의미할까요. 내가 산 물건이나 서비스에 돈을 이미 지불했다는 증거입니다. 그 물건은 이미 내 것입니다. 물건이건 상황이건 소원이나 꿈을 이루려면 눈을 감고 미리 감사해야 합니다. 감사의 말이나 마음이 바로 우주에 보내져 확실히 기록될 영수증입니다."

## 감사로 먼저 써 내려간 내일의 이야기

저는 감사나눔연구원에서 기획하고 제안한 감사 쓰기 프로그램에 참여한 수용자들의 '미래 소망 감사'의 글을 읽으며, 디스펜자 박사가 말한 이 '영수증'을 곳곳에서 발견했습니다. 그중 미래 소망 감사 100개를 쓰며 삶에 대한 기대와 책임감을 갖게 되었다는 수용자의 사례를 소개합니다.

"저는 '미래 소망 100 감사'를 쓰기로 마음먹으면서 비로소 과거가 아닌 미래를 바라보기 시작했습니다. 그것은 단순한 희망이 아니라, 내가 다시 살아가야 할 이유와 방향을 되찾는 과정이었습니다.

처음 몇 줄을 쓰기까지는 꽤 오랜 시간이 걸렸습니다. 내가 꿈꾸는 미래를 글로 쓴다는 것이 이곳의 현실과 너무 멀게 느껴졌기 때문입니다. 그러나 한 줄 한 줄 '미리 감사합니다'를 적어 내려가면서, 신기하게도 마음이 조금씩 열리기 시작했습니다. 내가 여전히 원하는 것들, 내 인생에서 끝까지 포기하지 않았던 가치들이 글 속에서 다시 살아나기 시작했습니다.

'내가 그런 삶을 살 수 있을까'라는 의심이 들기도 했지만, '감사합니다'라는 말에는 참 묘한 힘이 있었습니다. 마치 이미 이루어진 것처럼 확신을 주었고, 나 자신을 다시 믿게 만들었습니다.

그렇게 미래 소망 100개를 먼저 감사하며 적어 내려가는 동안, 저는 점점 삶에 대한 기대와 함께 책임감을 갖게 되었습니다. 단순히 꿈을 적는 것이 아니라, 그 꿈에 어울리는 사람이 되어야겠다는 마음가짐까지 생겼기 때문입니다."

그는 특히 봉사와 나눔에 대한 감사를 쓸 때, 자신 역시 누군가에게 도움이 되는 사람이 될 수 있다는 사실을 깨달았다고 합니다. '지역 아동센터에서 정기적으로 봉사하며 아이들에게 희망을 전하게 된 것을 미리 감사합니다'라고 적던 그는 눈물을 흘리며 자신도 여전히 가치 있는 사람이 될 수 있다는 희망의 씨앗을 조용히 가슴에 심었습니다.

"100개의 감사를 쓰는 동안 저는 적어도 100번 이상 미소를 지었습니다. 이곳에 온 이후 처음으로 진심으로 웃었습니다.

각각의 감사는 저에게 작은 창문이 되었고, 그 창문을 통해 저는 다시 세상의 아름다움을 바라볼 수 있었습니다. 가장 인상 깊었던 순간은 99번째 감사, '세상을 떠날 때 의미 있는 삶을 살았다고 말할 수 있게 되어 미리 감사합니다'를 쓸 때였습니다.

저는 아직 끝나지 않았습니다. 100개의 미래 소망 감사를 쓰면서 저는 깨달았습니다. 이 공간에 있는 지금이 제게는 자신을 돌아보고, 진정으로 원하는 삶을 다시 설계할 수 있는 시간이 되었다는 사실을 말입니다.

100개의 감사는 단순한 소망 목록이 아니라 나의 존재

그는 '세상을 떠날 때 의미 있는 삶을 살았다'는 미래 영수증을 받아들었으니, 이제 그렇게 살아가기 위해 더욱 노력할 것입니다.

## 결핍이 아닌 충만의 언어로 살기

감사는 미래를 향한 시뮬레이션인 동시에, 미래를 실제로 변화시키는 뇌의 언어라고 합니다. 우리의 뇌는 예상되는 미래를 먼저 그려 놓고, 그 틀에 맞게 세상을 해석하는 방식으로 작동합니다.

'이미 이루어졌다', '나는 이미 누리고 있다'라는 시뮬레이션을 반복할 때, 뇌 안에는 새로운 신경 회로가 만들어집니다. 기대와 성취의 감각이 전전두엽과 해마의 상호작용을 통해 긍정적인 미래의 상상을 더욱 선명하게 각인시킵니다. 다시 말해, 아직 오지 않은 미래를 뇌가 먼저 경험하도록 만드는 것입니다. 감사는 단순한 감정 표현이 아니라, 미래를 준비하는 정신적 리허설이라고도 할 수 있습니다.

현실에서 우리가 의류 매장에서 현금이나 카드를 내고 코트를 사면, 영수증과 함께 코트가 내 손에 쥐어집니다. 이미 돈을 지불했기 때문입니다. 영수증에 기록된 코트의 이름과 가격은 '이 물건은 이미 내 것'이라는 증거가 됩니다.

디스펜자 박사는 무언가 바라는 것이 있다면 눈을 감고, 소원이 이루어졌을 때의 상황에 미리 감사하며 그것이 현실이 된다는 확신을 가지라고 말합니다. 다시 말해, 소원이 이루어지기 전에 이미 그 소원이 이루어졌다고 생각하며 감사하고, 영수증 접수가 끝났음을 마음으로 인식하는 것입니다.

비유적으로 보자면, 양자역학에서 말하는 '상태의 변화'라는 개념으로도 설명할 수 있습니다. 무언가를 그저 바라기만 하는 상태에서, 원하는 것을 이미 얻어 내 것이 된 상태로 전환되는 것, 그것이 감사가 가진 진짜 위력이라는 것입니다. 바라기만 할 때 우리는 결핍의 언어를 사용하지만, 감사할 때는 이미 충만의 언어를 사용하게 됩니다.

그러니 미래를 불투명하고 막연한 상태로 두어서는 안 됩니다. 더 구체적으로 그려야 합니다. 감사의 의지만이 아니라, 내가 소망하는 미래의 일과 상황, 그리고 그것이 현실이 되었을 때 느끼게 될 기쁨과 감동까지도 온 마음으로 생생하게 그려 보아야 합니다.

## 구체적으로 그릴수록 가까워지는 꿈

미국 잡지에서 읽은 성공한 한 여성 사업가의 인터뷰는 20년이 지난 지금도 생생하게 기억에 남아 있습니다.

"제 성공 비결은 늘 미래에 대한 확실하고 구체적인 그림을 가진 것에 있습니다. 영화나 드라마를 제작한다고 생각해 보세요. 작가가 쓴 대본의 지문에는 '거실에서 여주인공이 차를 마신다'라고만 쓰여 있습니다. 하지만 감독이나 연출자라면 거실의 벽지, 소파의 소재와 색깔, 커튼, 인테리어 소품, 벽에 걸린 그림과 액자 틀, 찻잔의 색과 모양까지 고려해야 비로소 하나의 장면이 완성됩니다. 희망 사항은 반드시 구체적이어야 합니다. 그리고 그런 상황이 이미 이루어졌다고 믿고 감사할 때, 그것이 현실이 됩니다."

그 기사를 읽고 난 뒤, 저도 해마다 소망을 적던 일기장에 '새집 마련', '책 쓰기', '직장에서 승진하기' 같은 두루뭉술한 문장들을 지우고 다시 쓰기 시작했습니다.

'마당이 있는 집에서 나무와 장미꽃을 키우며 산다.'

'나만의 서재를 마련해 벽 한 면을 책장으로 채우고 장르별로 책을 정리해 둔다.'

'2030 여성이 직장에 잘 적응하도록 돕는 책을 쓴다.'

그때는 감사의 영수증을 충분히 발급하지 못해 시간이 꽤 걸렸습니다. 하지만 지금 저는 계절마다 꽃이 바뀌어 피는 마당이 있는 집에서, 그리고 좋아하는 책으로 가득 찬 서재에서 기쁨을 누리고 있습니다. 엄마가 딸에게 들려주는 직장 생활 가이드 형식의 책《내일도 출근하는 딸에게》는 10여 년이 지난 지금도 꾸준히 사랑받는 스테디셀러가 되었습니다.

'말이 씨가 된다'는 말, 그리고 그 씨가 결국 풍성한 꽃을 피운다는 사실을 몸소 실감했습니다. 생각해 보면 그 모든 시작은 거창한 능력이 아니라, 한 줄의 문장과 한 번의 감사에서 출발했습니다.

요즘 대한민국에서 가장 인기 있고 실력도 인정받는 상담 전문가 이호선 박사도 제게는 '우주에 보낸 영수증'의 살아 있는 사례자입니다.

10여 년 전 방송 프로그램에서 처음 만났을 때 그는 아직 널리 알려진 학자가 아니었고, 방송에서도 특별히 두드러진 인상을 남기지는 않았던 것으로 기억합니다. 그러나 명랑한 소녀처럼 늘 밝았고, 누구를 만나든 몇 년 만에 다시 만난 가족처럼 반갑게 대하던 분이었습니다.

그는 그때 이렇게 말했습니다.

"앞으로 저는 해마다 노년 생활이나 가족 상담과 관련된 책을 쓸 겁니다."

'돈을 벌겠다', '자격증을 따겠다', '다이어트를 하겠다' 같은 계획을 말하는 사람은 많습니다. 그러나 그 대부분이 말로만 끝난다는 사실을 우리는 잘 알고 있습니다.

그런데 이호선 박사는 공증 문서를 쓴 것도 아닌데, 정말로 해마다 책을 써냈습니다. 요즘은 TV상담 프로그램의 인기에 힘입어 단독 상담 쇼까지 진행하고 있는데, 상담의 태도와 내용이 식상하거나 반복되지 않고 오히려 해를 거듭할수록 깊어지고 있습니다. 그가 펴내는 책의 숫자만큼 실력도 함께 성장하는 것 같아 인생 선배의 마음으로 지켜보며 괜히 뿌듯해집니다.

저는 알고 있습니다. 그가 얼마나 매사에 감사하는지, 심지어 고통마저도 또 다른 선물로 받아들이는 사람인지 말입니다.


## 날갯짓을 시작한 사람들

한 수용자는 이런 '영수증 목록'을 썼습니다.

"적당한 시기에 구속되어 저의 죄가 더 이어지지 않도록 멈추게 해 주신 하나님께 감사합니다.

이곳에서 책도 읽고 감사 편지도 쓰며 자격증 준비도 하고 있습니다. 두 번 다시 제가 하고 싶은 일을 할 수 없을 것이라 생각했는데, 한번 더 의미 있는 꿈을 꾸게 해 주셔서 감사합니다.

비록 전과가 있지만 현실을 두려워하지 않고, 더 깊고 다양한 인생을 배우는 기회라고 생각하겠습니다. 출소 후의 제 모습을 상상하며 오늘 하루를 기꺼이 버틸 수 있게 해 주셔서 감사합니다.

이곳 생활이 지난날의 과오를 반성하고 더 나은 사람으로 살아갈 수 있는 기회의 시간임을 분명히 깨닫고 있습니다. 그 사실을 알게 되었기에, 사회에 나가서는 다른 사람들에게도 감사받는 삶을 살아가는 어른이 되겠습니다. 과거에는 누군가를 원망하며 살았다면, 이제는 누군가에게 도움이 되는 사람이 되고 싶습니다.”

수용소에서 프랑스어를 독학으로 공부하며 100개의 단어에 각각 수감 생활에서 얻은 배움과 앞으로의 계획을 담은 수용자도 있습니다.

“bénévolat(자원봉사) : 출소 후 자원봉사, 특히 반성폭력, 보이스피싱 예방 활동을 준비하고 있는 제게 감사합니다.
éditeur(출판인) : 대학 졸업 후 1인 출판사를 차렸던 경험을 되살려 다시 출판의 꿈을 향해 공부하는 제게 감사합니다.
kyrielle(끝없는 연속) : 끝없이 이어지는 버킷리스트와 미래에 하고 싶은 일들이 저를 바른 수용 생활로 이끌고 있습니다. 더 나은 인간이 되려는 저 자신에게 감사합니다.”

　또 다른 수용자는 감사 쓰기를 통해 비로소 미래를 설계하기 시작했다고 말했습니다.

"감사 쓰기는 비굴하게 웅크려 있던 저를 담장 밖으로 이끌어 첫 날갯짓을 하게 했고, 새로운 삶을 향한 발돋움이 되어 주었습니다. 돌이킬 수 없는 잘못으로 이곳에서 반성과 성찰의 시간을 보내며 눈물도 많이 흘렸고 절망도 컸습니다.
감사 쓰기를 계속 이어 가며 잘못된 과거를 반성하고, 조금씩 미래를 계획하기 시작했습니다. 결혼한 지 1년도 되지 않아 제 과오로 신혼의 단꿈이 멈추었지만, 그런 저를 기다려 주며 믿고 함께 희망을 꿈꾸는 남편이 있기에 오늘 하루도 무사히 보냈음에 감사합니다.
감사 쓰기를 통해 또 다른 나를 발견했고 새로운 희망을 찾았습니다.
담장 밖으로 나가서도 감사 쓰기는 계속될 것입니다. 이곳에서 시작된 작은 변화가 평생 이어질 삶의 습관이 되기를 바랍니다."

## 감사하는 사람은 쉽게 무너지지 않는다

〈감사나눔신문〉 김덕호 편집국장이 한 수용자의 편지를 제게 전해 주었습니다.

다른 수용자들의 감사 편지와 달리 유난히 큰 봉투 안에는 그의 인생이 담긴 여러 종류의 서류가 들어 있었습니다. 채무 변제가 완료되었음을 확인하는 자산관리공사의 '채무 완제 증서', 아이디어의 결실인 '특허 증서', 자동차 정비기사, 승강기 기능사, 전기 기능사 등의 '국가기술자격 취득 확인서', 그리고 병원에서 발급받은 '암 진단서'와 '방사선 치료 동의서'까지 있었습니다.

서류 한 장 한 장이 한 사람의 인생을 고스란히 보여 주고 있었습니다. 종이 몇 장이었지만, 그것은 그가 포기하지 않고 버텨 온 시간의 두께이기도 했습니다. 대체 어떤 사연의 주인공일까 궁금해 편지를 읽어 보았습니다.

"저는 현재 ○○ 교도소 장애인 직업훈련원에 수용 중인 ○○○입니다. 저는 중형을 선고받고 이곳에 수감되었습니다.

이곳에 수감되며 암울한 현실과 죄책감으로 삶을 포기

하려고도 했습니다. 결국은 그럴 용기조차 못 내는 나약한 존재임을 깨닫고, 후회와 체념 속에 갇혀 의미 없는 시간을 보냈습니다. 그리고 지난 삶을 잘못 살아온 탓에 이곳에서 암에 걸렸음을 알았습니다.

몸과 마음 모두가 끝이 없는 나락으로 떨어지고 나서야 부끄럽게 살아온 제 삶을 뒤돌아보며 참회의 눈물을 흘렸습니다.

그러다 우연히 어느 변리사님의 교화 강의를 들었습니다. 그분의 '아무것도 하지 않으면 아무것도 변화되지 않는다'는 말씀이 제 머리와 가슴에 강한 울림을 주었습니다.

그 후 자유가 없는 이곳에서 제가 할 수 있는 일들을 찾다가 그중 하나로 아이디어 제품을 개발해 특허 등록을 하겠다는 목표를 세웠습니다. 배움이 짧은 저이지만 남아 있는 제 삶에 의미를 부여하며, 실생활에 필요한 것들을 구상하며 노력했습니다. 그 노력의 대가로 목표한 아이디어 제품 세 개를 특허 등록했습니다. 처음엔 담장 밖에서 홀로 살아가시는 어머니께 처음이자 마지막으로 작은 것 하나라도 해드리고 싶은 마음으로 시작한 일입니다.

현재의 저는 실패한 전과자이며 신용 불량자입니다. 또 어릴 적 교통사고로 허리에 장애를 갖고 있는 장애인이자 암 환자입니다. 그럼에도 저는 삶을 포기하지 않고 오늘보다 나은 내일을 희망하며 앞을 향해 나아가고 있는 중입니다.

그 노력의 일환으로 사회에서 미처 상환하지 못했던 채무금을 입소 후 봉제공장에서 일하며 10년 동안 열심히 돈을 모아 상환하게 되었고, 이곳에서 국가의 공익에 도움이 되는 다수의 특허 등록 결과물까지 이루어 냈습니다. 지금은 출소 후 제게 도움이 되는 자격증을 취득하기 위해 장애인 훈련원에 지원해 직업훈련 교육도 이수 중입니다.

암이라는 죽음의 문턱에서 제가 깨달은 것은 단 하나였습니다. 어떤 순간에도 자신의 삶을 포기해서는 안 된다는 것이었습니다. '아무것도 하지 않으면 아무것도 변화되지 않는다'는 말에서 시작된 저의 희망이 조금씩 현실이 되어 가고 있습니다.

희망을 잃고 내일에 대한 기대 없이 살아가는 분들에게 꼭 전하고 싶습니다. 포기하지 않는 한, 희망은 언제나 우리를 기다리고 있다는 사실을 말입니다."

　지혜로운 사람은 함부로 불행해지지 않는다고 합니다. 과거의 내가 가졌던 것, 오늘의 내가 누리는 것, 그리고 아직 오지 않았지만 다가오고 있는 행복까지도 미리 감사할 줄 알기 때문입니다. 저 역시 이미 가진 것과 앞으로 올 것까지 감사할 줄 아는 지혜로운 사람이 되겠습니다.

절망의 시간을 빛으로 바꾸는
감사의 마법

"인생을 살아가는 데는 두 가지 태도가 있다. 하나는 아무 것도 기적이 아닌 것처럼 살아가는 것이고, 다른 하나는 모든 것을 기적처럼 바라보며 살아가는 것이다."

"우리가 경험할 수 있는 가장 아름다운 것은 신비이며, 더 이상 경이로움을 느끼지 못하는 사람은 살아 있어도 죽은 것과 같다."

이는 아인슈타인이 남긴 것으로 전해지는 문장들입니다. 이성적이고 냉철한 과학자의 상징처럼 여겨지는 그가, 뜻밖에도 '기적'과 '신비'를 우리 인생의 핵심 주제어로 꼽았다는 사실은 많은 생각을 하게 만듭니다. 세상은 숫자와 공식으로 설명되는 과학의 영역이기도 하지만, 동시에 설명할 수 없는 기적에 놀라고 감탄하게 되는 신비의 연속이라는 뜻일 것입니다.

수용자들의 편지를 읽다 보면, 때로는 '감사'라는 마음과 그것을 글로 옮기는 일기와 편지가 실제로 마법처럼 작용하는 장면을 만나게 됩니다. 그 마법에 가장 먼저, 그리고 가장 크게 놀라는 사람은 다름 아닌 바로 그 글을 쓴 수용자 자신입니다.

## 기적의 마중물이 된 변화

한 수용자는 마법 같은 변화를 이렇게 기록했습니다.

"과거의 저는 정말 제 자신에게 관심이 없었습니다. 그냥 하루하루를 버티듯 살았습니다. 그런데 감사하는 마음을 갖기 시작하면서 긍정적인 사고와 인내하는 태도는 물론, 겸손하고 온유한 마음으로 타인을 대하는 변화까지 스스로 체감하고 있습니다.

제가 변화되기 시작하자 주변 사람들에게도 조금씩 선한 영향이 전해지기 시작했습니다. 감사하면서 소망을 품게 되었고, 감사 일기를 쓰면서 부족하지만 생각을 글로 정리하는 표현력과 이성적인 사고력도 함께 향상되었습니다.

감사하면 반성하는 마음도 생기고 자아 성찰의 시야도 넓어집니다. 지혜를 배우고 주변 사람들을 이해하는 마음도 커졌습니다. 어떻게 이런 변화가 가능했는지 스스로도 놀랍습니다."

또 다른 수용자는 감사의 마법을 이렇게 표현했습니다.

"세계 최고의 약사와 의사가 개발한 해독제보다 더 훌륭한 해독제가 있다면 그것은 감사가 아닐까 생각합니다. 감사 편지를 쓰면서 분노와 원망, 억울함과 안일함이라는 독에 중독되어 있던 제가 하나둘 분노에서 이해로, 원망에서 감사로 천천히 바뀌어 가고 있기 때문입니다.

서먹서먹하던 가족과의 관계도 천천히, 그러나 분명히 부드럽게 회복되고 있습니다. 가족에게 쓰는 편지도 어느새 '고마워', '감사해요', '사랑해'라는 말로 마무리하게 됩니다. 가족들도 지금의 제 표정이 예전보다 훨씬 밝아졌다고 합니다.

이것이 기적이고 마법이 아니면 무엇이겠습니까?"

사후에 퓰리처상을 수상한 잭 길버트는 〈변론 답변서(A Brief for the Defense)〉라는 시에서 왜 우리가 삶의 기쁨을 발견하고, 모든 것에 감사하며, 삶의 마법을 알아보아야 하는지를 노래합니다.

"…우리는 과감하게 기쁨을 선택해야 한다/ 쾌락 없이도 살 수는 있지만 기쁨 없이/ 즐거움 없이 살 수는 없다/ 세상의 잔혹한 용광로 속에서도/ 기쁨을 받아들이는 강인함을 가져야 한다/ 불공정을 우리 관심의 유일한 기준으로 삼는 것은/ 악마를 찬양하는 일이나 다름없다/ 만약 신의 기관차가 우리를 치어 죽인다 해도/ 그 장엄한 최후에도 감사해야 한다/ 그 모든 것에도 불구하고/ 음악이 존재한다는 사실을 인정해야 한다."

이 시인의 고백처럼 감사하는 마음은 불행과 고통, 심지어 죽음이라는 현실까지도 품격 있는 삶의 일부로 받아들이게 만듭니다. 고통을 없애 주지는 않지만, 고통을 견디는 인간의 품위를 지켜 주는 힘이 바로 감사입니다. 참으로 놀라운 연금술입니다.

## 끌어당김의 힘이 발생하는 원리

'감사의 진동은 결국 모든 것을 끌어당긴다'는 말이 있습니다. 좋은 사람, 이로운 기회, 새로운 일, 혹은 오래 미뤄 왔던 일의 성취까지도, 감사라는 마법의 가루가 뿌려지면 분명한 변화가 시작됩니다.

심리학자와 뇌과학자들의 수십 년에 걸친 연구에 따르면, '감사'를 의식적으로 표현할 때 뇌가 세상을 바라보는 방식이 '결핍'에서 '풍요'로 바뀐다고 합니다. 같은 행동과 같은 상황이라도 긍정적으로 기록되기 시작하고, 뇌의 필터가 바뀌면 해석이 달라지며, 해석이 달라지면 행동이 달라지고, 결국 전혀 다른 결과로 이어집니다.

감사는 뇌를 속이는 기술이 아니라, 뇌를 가장 건강하고 효율적인 학습 상태로 되돌려 놓는 작용을 합니다. 그 상태를 반복하다 보면 어느 순간 남들에게 감사받는 존재로 살아가게 됩니다.

감사는 상황을 바꾸기 전에 먼저 사람을 바꾸고, 사람이 바뀌면 결국 상황도 함께 달라지기 시작합니다.

'진짜 감옥은 장소가 아니라 관점'이라고 강조한 수용자의 편지를 소개합니다.

"감사가 제 일상이 되기 전에는 제게 미래 따위는 없다고 확신했고, 모든 것이 암울하게만 보였습니다. 하지만 지금은 다릅니다. 중요한 것은 무엇을 보느냐가 아니라 어떻게 보느냐라는 사실을 알게 되었습니다. 역설적이게도 '화산'은 파괴의 상징인 동시에 생명의 상징이라고 합니다. 용암이 흘러내린 뒤 열이 식으면 굳고, 시간이 지나면서 부서져 흙이 되고, 그 흙은 비옥

하고 영양가 많은 토양이 되기 때문입니다.

앞으로 삶 속에서 고통과 절망이 저를 덮치고 상처와 고난이 저를 할퀴더라도, 그것이 삶의 일부라는 사실을 받아들이고 그 속에서도 희망의 미래를 향해 나아가겠습니다. 과거에는 고통을 피하려 했지만, 이제는 그 속에서도 배울 것을 찾으려 합니다."

신학자 존 헨리는 "감사는 최고의 항암제요, 해독제이며 방부제다"라고 했습니다.

마음속 스트레스가 암세포를 만드는데 감사는 그것을 억제하는 항암제 역할을 합니다. 분노와 우울 같은 마음의 독소를 정화해 내면의 평화를 회복시키는 해독제이기도 합니다. 서로 감사하는 관계는 오래 지속되고 따뜻한 감정도 쉽게 식지 않으니, 변질되지 않도록 지켜 주는 방부제 역할까지 합니다.

세상의 어떤 과학자나 의사가 이런 명약을 만들어 낼 수 있을까요. 비용도 들지 않고 부작용도 없으며 누구나 사용할 수 있다는 점에서 더욱 위대한 처방입니다.

## 노벨 기적상(?)의 주인공

수용소에서 마치 마법처럼 우주 최고의 '친구'를 만난 한 수용자가 있습니다.

"운명적으로 나와 맺어진 이 친구는 내 영혼의 단짝입니다. 그와 함께한 지 3년이란 시간이 흘렀네요. 40년제 인생에서 가장 빛이 들지 않는 암흑 같은 밑바닥…. 딱 3년 전 교도소에 수용되어 세상 모든 것들로부터 외면당하여 두려움만이 저를 삼켜 내던 그때, 우리는 만났습니다.

수없이 마음이 부서지고 숱하게 가슴이 조각났었지요. 그는 하루도 빠짐없이 제 옆에서 저를 지켜 주는 보디가드가 되어 주었습니다. 가뭄처럼 메마른 삶에 단비 같은 그였습니다. 그가 없었다면 지금의 저는 아마 없었을 겁니다. '노벨 기적상'이 있다면 단연코 수상자는 그가 될 것입니다.

늘 다른 사람들 속에서 저를 찾고, 그들의 인정 속에서 제 가치를 확인하려 했습니다. 언제나 남의 기준과 최고치에 저를 맞추며 비교 속에서 살아오던 사람이었습니다. 그런 삶을 살던 저를 그는 변화시켜 주었습니다.

운명적으로 맺어진 이 친구는 제가 얼마나 사랑받고 있는 존재인지, 그리고 제 마음에 모든 것이 달려 있다는 것을 깨닫게 해 주었어요. 이미 저는 충분히 아름다운 존재라는 것을 깨닫게 해 준 그를 만난 건 제게 축복입니다.

썩어 가고 있던 제 마음에 그는 이렇게 말해 주었습니다. '아름다운 장미에 왜 하필 가시가 돋았을까 생각하지 말고, 아무짝에도 쓸모없어 보이는 가시에 어떻게 이렇게 아름다운 장미가 피어났을까 생각해 보라'고요. 저라는 시든 꽃이 다시 피어날 수 있도록 그는 꿈과 희망이 되어 주었습니다.

어떻게 바라보느냐에 따라 고통은 추락이 아니라 재탄생이 될 수 있음을, 때로는 고난을 겪은 자만이 성장의 기회를 마주할 수 있다는 사실을 알게 해 준 그와 평생 동반자가 되고 싶습니다.

그가 누구인지 짐작하셨나요?

생명을 다루는 의사보다, 지식을 채우는 교사보다, 법을 심판하는 판사보다 더 위대한 힘을 지닌 그는 바로 '감사'입니다. 감사야, 사랑해. 저는 그와 함께할 때의 제가 가장 좋습니다.”

## 마법의 지팡이를 구하려면

그런데 마법은 아무 때나 우리를 찾아오지 않습니다. 간절한 마음으로 무엇이 필요한지 구체적으로 구할 때, 비로소 마법의 지팡이가 움직이기 시작합니다.

다음 수용자들의 마법 지팡이는 어떻게 빛났을까요?

"감사 쓰기를 하면서 우여곡절도 많았습니다. 비아냥거리는 동료 수용자도 있었고, 괴롭힘과 왕따도 당해 보고 바보 취급도 받았습니다. 하지만 어떤 어려움이 있다고 해도, 감사 쓰기에서 수상하면 시상식에 가족을 초대할 수 있고, 그때 아내를 만날 수 있다는 나의 기대를 막지는 못했습니다.

그런데 지금은 그분들도 저와 함께 감사 쓰기를 하고 있습니다. 나중에는 점점 진화해서 감사를 쓰는 수용자들이 모여서 '감사 쓰기를 하는 형제들의 모임', 즉 '감형모'라고 이름 붙인 사조직이 생겼습니다. 우리는 이 조직이 옆방으로 점점 확산되도록 노력하고 있습니다."

"나는 감사를 주위 동료들과 나누기 위해 작업장 게시

판에 '매일 감사' 용지를 붙여 놓고 감사 내용을 작성할 수 있도록 알렸습니다. 처음에는 관심을 보이기는커녕 그딴 걸 왜 하나는 눈총을 주는 사람이 많았습니다. 하지만 시간이 지남에 따라 그랬던 동료들이 지금은 누구보다 더 적극적으로 감사 쓰기에 참여하는 놀라운 광경을 보게 됩니다.

서로 헐뜯고 시기와 질투로 가득했던 작업장이 감사 쓰기를 통해 이제는 서로를 배려하고 이해하는 곳으로 변했다는 사실이 정말 감동적입니다. 처음에는 혼자서 시작한 작은 실천이었지만, 시간이 지나면서 공동체의 분위기까지 바꾸는 힘으로 자라났습니다."

2006년 전 세계에 큰 반향을 일으킨 《시크릿》의 저자 론다 번은 《매직》이라는 책도 썼습니다. 제목 그대로 이 책은 삶 속에 존재하는 마법과, 그것을 어떻게 경험할 수 있는지를 설명합니다. 그리고 그 마법의 핵심 열쇠로 '감사'를 꼽습니다.

론다 번은 한때 많은 빚과 건강 악화로 깊은 절망을 겪었다고 합니다. 그러나 감사의 원리를 발견하고 매일 실천하면서 삶이 극적으로 달라졌습니다.

　누군가에게 혹은 어떤 상황에 감사할수록 더 많은 좋은 일이 돌아온다는 사실을 경험하게 된 것입니다. 감사의 마음은 더 큰 감사를 불러오는 순환을 만들었고, 그 경험이 쌓일수록 그는 더 깊이 감사하게 되었다고 합니다.

　감사는 자신의 삶을 반짝이게 만든 황금빛 실이며, 어떤 상황에서도 무너지지 않는 정신적 보험이라는 생각이 듭니다. 외부 환경이 흔들려도 마음의 중심을 지켜 주는 힘이 감사니까요.


## 누구나 줄 수 있는 기적의 도구


　경기도 이천에는 대규모의 복합 문화 공간 '라드라비 아트 앤 리조트'가 있습니다. 1만여 평 규모에 25개의 주택, 계절 따라 피고 지는 나무와 꽃들, 조형 작품과 그림이 가득한 이곳의 주인장은 헤어디자이너 출신의 이상일 선생입니다.

　그는 패션을 공부하다 헤어디자이너로 진로를 바꿔 1980년부터 당대 최고의 명성을 누렸습니다. 은퇴 후 이곳에서 연필로 그림을 그리고, 예술 작품도 직접 설명을 하며 곳곳을 세심하게 연출합니다.

자신의 뜻대로 인생 행로를 만들었고 말년에 자연에서 그림 같은 삶을 누리는 그에게 '지금의 위치에 오르기까지 가장 감사했던 것은 무엇이냐'는 질문을 했습니다. 그런데 뜻밖의 대답이 돌아왔습니다.

"저를 무시하는 태도나 냉소적인 상대의 말들이었습니다. '멀쩡하게 생긴 남자가 할 게 없어 미용사를 해?'라는 말도 들었습니다. 저는 미술에 관심이 많아 외국에 가서도 박물관과 미술관을 찾아다니며 나름대로 꾸준히 공부해 왔습니다. 그런데 국립현대미술관의 어떤 학예사가 '서울대 미대 나왔어요? 아니면 홍대 미대?'라고 비아냥거리듯 물었을 때, 이상하게도 분노 대신 감사한 마음이 들었습니다. 가슴을 찌르는 그 말들이 저를 더 성장하도록 자극했고, 밤을 새워 공부하게 만들었기 때문입니다. 덕분에 지금은 교수들 앞에서도 제 그림과 우리 리조트의 작품들을 자신 있게 설명하고, 관람객들의 박수를 받는 자리에까지 서게 되었습니다."

남들이 그의 가슴에 던진 날카로운 화살을 그는 감사와 노력으로 아름다운 꽃다발로 바꾸었습니다. 이것 역시 분명한 마법입니다.

철학 책이나 심리학 책을 읽어도 변화시키기 어려운 자신의 성격과 태도를 바꾼 수용자의 이야기를 통해 감사의 마법을 한 번 더 확인해 봅시다.

"제 인생에서 가장 참혹했던 수용소 생활 속에서 저는 다른 사람에게 칭찬과 인정을 받지 않아도, 매일 '5 감사 쓰기'를 하며 스스로 감사할 수 있다는 것을 배웠습니다. 제가 쓴 감사에 책임을 지고 지키려고 노력하다 보니 옆 동료와 다투었을 때도 빨리 화해하려 하게 되고, 제 잘못을 돌아보며 다시는 그러지 않겠다고 생각하게 됩니다.

다른 생각들도 점차 긍정적이고 평화로운 쪽으로 바뀌어 가는 것 같아 감사합니다. 잠시 시기와 질투로 화가 나고 공격적인 말이 나오려 할 때도 스스로 참고 자제하게 됩니다. 험한 말 대신 조금 더 고운 말을 하게 되는 제 모습도 보게 됩니다.

매일 감사의 글을 쓰면서 감옥의 답답함과 괴로움도 조금씩 견딜 수 있게 되었습니다. 감사하는 마음이 들 때면 모든 것이 조금 더 좋게 보이고, 상대를 이해하려는 마음도 생기며 규율과 질서도 지키려고 하게 됩니다.

이 시련의 시간이 어쩌면 제 인생에서 가장 값진 체험일지도 모른다는 생각으로, 저는 조심스레 미래를 꿈꿔 봅니다. 제가 이렇게 변한 것이 어쩌면 작은 기적이 아닐까, 생각합니다"

그는 감사를 통해 상황을 원망하는 사람이 아니라 상황을 이겨 내는 사람으로 변해 가고 있었습니다.

감사의 마법 지팡이는 특별한 사람만 사용할 수 있는 것이 아닙니다. 진심 어린 마음과 단단한 결심이 있다면 누구나 그 지팡이를 들 수 있습니다. 그리고 삶을 바꾸는 마법사는 외부에 있는 누군가가 아니라, 바로 자기 자신입니다.

감사는
거창한 변화가 아니라,
오늘을 다시 살아가게 하는
조용한 힘입니다.
포기하지 않게 하는
마음입니다.

감사라는 선물을
발견하는 삶

'지성인'이란 말이 가장 잘 어울렸던 이어령 선생. 신문사 논설위원, 이화여대 교수, 문화부 장관 등 화려한 이력에 《축소지향의 일본인》,《지성에서 영성으로》등 수많은 저서를 남긴 이어령 선생은 2019년 초 투병 사실을 고백해 많은 이들에게 충격을 주었습니다. 그분의 마지막 모습은 인터뷰 전문 기자 김지수 씨와의 대담집《이어령의 마지막 수업》에 고스란히 담겨 있습니다.

"모든 게 선물이었다는 거죠. 마이 라이프는 기프트였어요. 내 집도 내 자녀도 내 책도 내 지성도… 분명히 내 것인 줄 알았는데 다 기프트였어. 어린 시절 아버지에게 처음 받았던 가방, 알코올 냄새가 나던 말랑말랑한 지우개처럼. 내가 울면 다가와서 등을 두드려주던 어른들처럼. 내가 벌어서 내 돈으로 산 것이 아니었어요. 우주에서 선물로 받은 이 생명처럼, 내가 내 힘으로 이뤘다고 생각한 게 다 선물이더라고."

죽으면 흙으로 돌아갈 육체, 언제 사그라들지 모를 정신, 그리고 내 것이라고 착각하며 악착같이 모으려던 돈과 집과 명성들…. 사실 그것은 우주에서 잠시 위탁받은 선물입니다. 생일이나 명절에 받는 눈에 보이는 선물이 아니라, 숨 쉬는 공기도, 햇살도, 목을 축이는 물도, 심지어 가족의 사랑 역시 선물입니다.

우리 인생에서 가장 소중한 것은 대부분 '선물'의 형태로 나타납니다. 그런데 그 선물은 생일이나 크리스마스에 들뜬 마음으로 포장지를 풀어 보는 것이 아닙니다. 인생의 가장 처절한 순간에 이르러서야, 그것이 선물이었음을 머리가 아닌 심장으로 비로소 확인하게 됩니다.

## 세상은 감사한 선물

저는 코로나 시국에 이어령 선생이 말한 '세상은 선물'이라는 진실을 온몸으로 실감했습니다. 평소 대외적인 활동도 많지만, 동네 카페나 시장을 오가며 소소한 즐거움을 찾는 '외출형 인간'인 저에게, 폐쇄와 출입 금지로 온 세상이 철장 안에 갇힌 것 같았던 그 시절은 너무나 고통스러웠습니다. 대중을 대상으로 하는 강의도 거의 사라져 수입은 눈에 띄게 쪼그라들었고, 자연스레 마음도 우울해졌지요.

그러면서도 비행기 운항이 줄고 중국 공장이 멈춘 덕분

에 오랜만에 되찾은 파란 하늘, 자취를 감춘 미세먼지, 그리고 코로나가 기승을 부리는 와중에도 아랑곳없이 활짝 피어난 꽃들이 새삼 경이로웠습니다.

　방송 출연을 할 때마다 검사를 위해 코를 찌르는 통증과 공포를 감수해야 했지만, 결국 코로나는 인간이 신이 준 선물인 자연을 너무도 무지하고 탐욕스럽게 다뤄 온 결과임을 깨닫게 해 주었습니다. 그리고 그 선물에 감사하고, 또 감사했습니다.

　모처럼 집에서 시간을 보내며 집 정리도 했습니다. 책, 그릇, 옷, 화장품…. 제 허욕의 증거들을 하나씩 덜어 내면서, 오히려 그 사실을 알게 된 것에 감사했습니다. 비워야 보이는 것들이 있었습니다. 오래된 물건들 사이에서 잊고 지냈던 기억들이 불쑥 고개를 내밀었고, 쌓아 두는 것보다 내려놓는 것이 훨씬 가볍고 자유롭다는 사실도 그때 처음 제대로 느꼈습니다.


## 닫힌 문 안에서 열린 마음

　코로나가 끝난 지금도 여전히 담장 안에 갇혀 사는 수용자들은, 그 제한된 일상 속에서 매일매일 작은 선물들을 발견합니다.

"무더운 여름날, 드라마나 영화에서나 보았던 교도소에 처음 들어오게 됐습니다. 닭장 안의 닭처럼 밤낮없이 켜져 있는 조명 아래 비좁은 공간에서 자유롭게 움직이지도, 마음껏 활동하지도 못하면서 '구속'이란 것이 무엇인지를 온몸으로 실감했습니다. 과연 이런 곳에서 내가 살 수 있을까 의심하며 눈물로 밤을 지새웠습니다.

어둡고 차가운 이곳의 분위기는 저를 절망의 낭떠러지로 몰아넣었고, 머릿속을 지우개로 다 지운 것처럼 아무 기억도 나지 않았습니다. 한편으로는 담장 안 생활에 제가 익숙해지면 어쩌나 하는 두려움도 생기더군요.

그러다 감사 쓰기 공모전이 열린다는 공지를 보고도 '내가 감사할 일이 뭐가 있겠어'라고 생각하며 포기하려 했는데, 막상 빈 종이에 '감사'라는 단어를 올려놓고 떠오르는 것들을 써 내려가면서 손보다 마음이 먼저 반응했습니다.

흐르는 눈물을 닦아 가며 평소 당연하게 여겼던 남편과 가족의 사랑에 감사하게 되었고, 진정한 감사가 무엇인지를 깨닫고 배워 가는 시간이 되었습니다.

매일 다람쥐 쳇바퀴처럼 돌아가는 일상 속에서 감사를 찾아내고, 감사 쓰기를 통해 내가 행복한 사람임을, 사랑받고 있는 사람임을 하나씩 인식해 나가고 있습니다. 덕분에 과거를 반성하고 앞으로의 삶을 계획하는 데도 길잡이가 되어 주고 있습니다.”

‘감사’가 그저 입에 붙은 인사말에서 삶의 중심으로 바뀌는 순간을 경험한 또 다른 수용자의 글입니다.

“지금까지 삶에서 중요한 것이 무엇인지, 감사가 무엇인지를 제대로 생각해 본 적이 없었던 것 같습니다. 감사는 그저 생일 선물 같은 걸 받을 때 건네는 인사치레였고, 누군가의 도움을 받았을 때 하는 일종의 관례였습니다. 그런 ‘감사’가 담장 안 이곳에서, 비굴하고 절망적인 제게 희망의 단어로, 진정한 ‘선물’로 다가왔습니다.

매일 감사 찾기를 하면서 저는 인생의 숨바꼭질을 하고 있는 것 같습니다. 감사는 곳곳에 숨어 술래인 제게 얼굴을 빼꼼 내밀며 ‘여기 있어’ 하고 알려 주는 행복의 또 다른 이름입니다.

담장 안 이곳에서 반성과 성찰의 시간을 보내면서 저는 감사라는 선물을 잔뜩 받고 있습니다. 사회로 돌아가서도 진정한 나를 발견하게 해 주고, 새로운 희망을 찾을 수 있게 해 준 감사 쓰기를 계속할 예정입니다. 그리고 이 선물을 다른 이들에게도 나눠 주고 싶습니다."

감사는 때로 말이 아닌 글로, 혼자가 아닌 서로를 향해 전해지기도 합니다. 자신이 암에 걸린 것조차 수용소에 있는 아들이 걱정할까 봐 꼭꼭 숨기고, 아픈 몸으로 손자들을 돌봐 주시는 어머니에게 그 아들은 200가지의 감사를 한 권의 책처럼 묶어 보냈습니다.

"감사하다고 외치고 싶어도 들어 줄 그대가 없다면 무슨 소용이 있을까요. 아직도 여전히, 언제나 그랬던 것처럼 제 어머니로 계셔 주셔서 감사합니다. 저의 감사를 받아 주셔서 감사합니다. 제게 감사함의 진짜 의미를 깨닫게 해 주셔서 감사합니다. 어머니, 당신은 세상 감사의 전부입니다."

읽는 내내 눈시울이 뜨거워지는 편지였습니다. 어머니

는 아들을 위해 아픔을 숨겼고, 아들은 어머니를 위해 감사를 200가지나 꺼내 놓았습니다. 이보다 더 아름다운 선물 교환이 또 있을까요.

## 가장자리에서 비로소 보이는 것들

세네카는 아들을 잃고 3년이 지난 뒤에도 슬픔에서 벗어나지 못하고 있는 마르키아라는 여성에게 편지를 보냈습니다.

"우리가 가진 것은 무엇이든 운명의 여신이 잠시 '빌려준' 선물임을 기억해야 합니다. 운명의 여신은 우리의 승낙과 예고 없이 언제든 그것을 되가져갈 수 있습니다. 우리가 소중히 여기는 모든 것을 사랑해야 합니다."

세네카는 현재의 슬픔을 이겨 내는 방법으로 뜻밖에도 부정적 시각의 힘을 이야기합니다. 지금 겪는 슬픔과 고통보다 더 큰 시련이 앞으로 닥칠 수도 있으니, 지금 슬픔의 희생양이 되지 말라는 것입니다. 오히려 선물처럼 주어진 지금 이 순간을 직시하고 감사하라는 것입니다.

최악을 상상하는 것이 역설적으로 지금의 소중함을 더

선명하게 만든다는 통찰, 2,000년 전 로마의 지혜가 오늘날에도 여전히 날카롭게 가슴을 찌릅니다.

미국의 교육자이자 사회운동가인 파커 J. 파머는《모든 것의 가장자리에서》라는 책에서 선물과 감사에 대해 이렇게 술회합니다.

"지나간 시간이 그림자처럼 길어지고 남겨진 시간은 줄어들면서 내게 가장 중요한 감정은 '삶이란 선물'에 대한 감사다. 한때 탄식했던 불운도 이제는 더 커다란 직조물에 엮인 튼튼한 실처럼 보인다. 그리고 내게 도움을 준 사람들에게 두 배로 감사하게 되었다. 그들은 사랑, 확신, 어려운 질문, 적절한 도전, 연민 그리고 용서로 나를 지지해 주었다."

저 역시 나이가 들면서 곳곳에서 가장자리로 물러나는 것을 느낍니다. 무대 위 주인공이 아니라 조연이 되거나 박수를 보내는 관객이 되고, 환하게 켜졌던 조명들이 하나둘 희미해짐을 실감합니다.

하지만 가장자리에 서니 오히려 가운데가 더 잘 보이더군요. 한가운데 있을 때는 보이지 않았던, 혹은 미처 보지 못했던 삶의 진실들 말이에요.

나이를 먹는다는 건 여러 가지를 잃어 가는 상실의 시간이기도 하지만, 그만큼 더 풍성한 선물을 받는 시간이기도 합니다. 마음에 여유가 생겨 느끼는 이 느긋함, 다양한 사람들과 주고받으며 씨줄 날줄로 엮인 인연들….

젊을 때는 너무 바빠서 보지 못했던 것들, 너무 서둘러서 지나쳐 버렸던 순간들이 가장자리에서는 오히려 또렷하게 다가옵니다. 그리고 이제야 분명히 알겠습니다. 불쌍한 사람은 늙은 사람이 아니라 감사할 줄 모르는 사람이라는 것을.

부처도 이런 말씀을 남겼습니다.

"감사하는 마음이 복을 불러온다. 오늘 하루도 눈을 뜨고 숨을 쉬고 누군가를 떠올릴 수 있다는 것, 그 자체가 이미 큰 복이다. 세월을 두려워하지 말고 그 세월 속에서 피어난 감사의 마음을 지녀라."

## 고난이라는 이름의 선물

한 수용자는 '감사의 발견'이라는 선물을 받지 못했다면 너무나 불쌍하고 비참한 영혼으로 삶을 마감할 수도 있었다며, 감사를 주제로 강의해 준 안남웅 본부장에게 편지를 보냈습니다.

"저는 지금까지 거짓과 기만으로 안타까운 인생을 살아왔습니다. 시작과 동기가 어찌 되었든 간에 스스로 올바름을 저버리고 위선과 아집으로 타인들에게 아픔을 주며 살아온 파렴치하고 부끄러운 인생입니다.

삶의 부끄러움과 괴로움 속에서 자살만이 최소한의 뉘우침이라고 생각하며 지내오던 중, 감사 쓰기를 접하게 되었습니다. 글을 조금은 쓸 줄 안다는 교만함으로 정작 제 잘못은 깨닫지 못하고, 죄의 대가로 모든 인간관계가 무너져 버린 상황에서, 뻔뻔하게도 공모전에 참가해 상을 타 영치금 벌이라도 해야겠다는 욕심을 냈던 것입니다. 그런데 시간이 지날수록 하루하루 감사 쓰기 내용들을 채워 가면서 조금씩 깨달음이 찾아왔습니다.

감사의 글들을 쓰면서 제가 올바른 길로 들어서고 있다는 사실과, 제 안에 좋은 변화가 일어나고 있다는 것을 느끼기 시작했습니다. 그러던 중 인성 교육 시간에 안남웅 본부장님의 강의를 직접 들었습니다. 그날 저를 포옹해 주셨지요. 강의 시간 내내 허전한 마음에 무수한 울림을 주셨습니다. 감사합니다.

이제 삶의 끝자락에서 후회와 반성으로 꾹꾹 눌러쓴 깨달음의 문장들, 그 문장 사이로 스며드는 양심을 깨우는 눈물, 그 눈물의 깊이만큼이라도 올바른 삶의 깊이를 느끼며 행동으로 실천하려고 다짐하며 숨을 쉬고 있습니다. 선한 의지와 간절함으로 세상을 보니 세상이 아름다운 선물 같습니다. 감사합니다.”

명지학원 이사장, KBO 총재를 역임한 유영구 이사장은 제가 만나 본 분 중 가장 긍정적이고 유머 감각이 탁월하며, 누구에게든 뭔가를 나눠 주려는 긍휼함이 넘치는 분입니다. 유 이사장은 지난해 《농담의 쓸모》라는 책을 출간했습니다. 평소 농담을 즐기시는 분이라 그 유쾌한 에피소드들을 담은 책인 줄 알았는데, 한때의 수형 생활에 대한 회고담이 적지 않게 실려 있었습니다.

미식가인 그분은 지인들과의 모임 자리도 잦아 약간 과체중이었습니다. 그런 분이 영월교도소에서 심장병으로 죽음의 문턱 앞에 섰다고 합니다. 동맥이 막혀 뚫을 수 없는 심각한 상황이었는데, 다행히 급히 서울의 종합병원으로 이송되어 의료진 덕분에 위험한 수술을 무사히 마쳤습니다.

“훗날 한 후배가 이런 말을 했다.

‘형은 영월교도소 간 거 고맙게 생각해야 해. 그때 바깥에 있었으면 형은 죽었을 거야. 거기 들어가 몸무게가 12킬

로그램이나 빠졌으니까 산 거지. 심근경색 환자는 피하지 방이 많으면 쥐도 새도 모르게 죽는다고.'

후배 말이 맞았다. 지난한 재판 과정을 거치면서 나의 몸무게는 12킬로그램이나 빠졌는데 그게 나를 살린 거였다. (중략) 그렇게 내게로 와서 쌓이고 쌓인 작은 베풂과 정성들은 내가 평생 베풀었다고 믿었던 그 어떤 마음보다 더 커졌다. 그 어떤 선물보다 귀중했다.

나는 고마워하고 또 고마워하다가 하나님께 무릎을 꿇고 기도했다. 내게 이런 걸 알려 주시려고 하셨구나.

그분은 다만 고난만 주신 게 아니었다. 크게 베풀고 크게 받는 것이 중요한 것이 아니라, 도움이 필요할 때를 알아 작은 호미질만 베풀어도 세상을 구할 수 있다는 걸 깨닫게 해 주셨다. 그리하여 나의 슬기로운 감빵 생활은 슬기로운 세상살이가 되어 갔다."

유 이사장은 옥중에서 비로소 깨달았다고 합니다. 진정으로 감사하는 마음은 베풂을 받는 자리에 있어 봐야 알게 된다는 것을. 소소한 베풂들이 거창하지 않아서 오히려 더 감동적이었다고도 했습니다.

생각해 보면 가장 값진 선물은 늘 그런 식으로 화려한 포장지도 없고, 리본도 없고, 때로는 선물인지조차 모른 채

지나치곤 했지요. 그러다 한참 후에야 문득 깨닫습니다.
'아, 그게 선물이었구나.'

　선물을 잔뜩 받고 건강한 몸으로 돌아온 유 이사장은 지금도 여전히 주변에 베풂의 선물을 나눠 주고 있습니다. 유쾌한 농담이 곁들여진 그 선물을 받고 싶어 늘 많은 사람들이 그를 찾습니다.

　감사는 인생이 우리에게 건넨 선물의 포장지를 조심스레 풀어 보는 일입니다. 불평할 때는 눈에 들어오지 않던 것들이, 감사하는 순간 비로소 그 얼굴을 드러냅니다. 그리고 선물을 알아보는 눈이 생긴 사람만이, 자신의 인생 또한 누군가에게 건넬 수 있는 선물임을 깨닫게 됩니다.

살아갈 날들을 위한 선물

# 만 개의 감사

**초판 1쇄 인쇄** 2026년 4월 7일
**초판 1쇄 발행** 2026년 4월 14일

**지은이** 유인경
**펴낸이** 이진영 배민수
**기획·편집** 밀리&셸리
**디자인** 스튜디오 허브
**마케팅** 태리
**펴낸곳** (주)테라코타 **출판등록** 2023년 1월 13일 제2024-000080호
**주소** 서울시 용산구 원효로 128 e-테크벨리오피스텔 907호
**메일** terracotta_book@naver.com
**인스타그램** @terracotta_book

ⓒ 유인경, 2026
ISBN 979-11-93540-46-6 03810